HET VERLANGEN VAN DE DJINN

GEBONDEN AAN MONSTERS

BOEK VIJF

TAMSIN LEY

Twin Leaf Press

Omslag door Tamsin Ley

Papieren versie

ISBN-13: 979-8-89548-057-1

Twin Leaf Press

PO Box 672255

Chugiak, AK 99567

HOOFDSTUK 1

Tanika Skye rammelde aan het slot van het harmonicahek dat de salon beschermde en gaf er een flinke trap tegen, waarna de bouten losschoten. Met haar volle gewicht duwde ze het hek opzij. Op de gebarsten glazen deur was het logo van de Seance Salon met de hand geschilderd in felroze letters, rondom een afbeelding van een gouden kristallen bol met een kam en een schaar. Het overige glas van zowel de deur als het grote raam was zwart geverfd om het interieur af te schermen tegen nieuwsgierige blikken.

Ze pakte haar mand met handdoeken op en stapte de schemerige zaak binnen, terwijl een klein belletje boven de deurpost rinkelde. De TL-buizen flikkerden aan met een irritant elektrisch gezoem en onthulden twee versleten kappersstoelen met bijbehorende spiegels, een paar klapstoeltjes naast een tijdschriftenrek voor wachtende klanten—die ze nooit had—en een klein gedeelte achterin, omgeven door een vaal fluwelen gordijn, waar ze paranormale consulten gaf. De geur van permanentvloeistof hing zwaar in de lucht, wat Tanika's blik naar de wasbak trok; Birdie had alweer nagelaten de krulspelden van haar laatste klant af te wassen.

Of het water afgesloten was. Beide waren mogelijk.

Hoezeer Tanika ook van deze plek hield, soms vroeg ze zich af wat ze nu precies probeerde te bewijzen door de zaak open te houden. Ze liet haar mand met schone handdoeken op de stoel van Birdie's werkplek vallen, liep naar de wasbak en draaide de warme kraan open. Tot haar opluchting kwam er een stevige straal water uit. Ze keek op de wandklok in de vorm van een zwarte kat die Birdie in een opwelling had gekocht omdat ze vond dat een vleugje hekserige decoratie wel bij de salon paste. Tien voor acht 's ochtends. Als ze opschoot, kon ze de rollers schoonmaken voor haar eerste consult van die ochtend en de stank verdrijven. De chemicaliën gingen niet goed samen met de geurkaarsen die ze tijdens haar sessies gebruikte.

Het zachte gerinkel van de winkelbel trok haar aandacht en ze draaide zich om, in de hoop op een inloopklant. Er was niemand. Ze perste haar lippen op elkaar en ging verder met het afwassen van de rollers. Soms hield hij op met zijn streken als ze hem negeerde. Het stromende water haperde en werd ijskoud. *Verdomme.* Met een vertrokken gezicht waste ze stug door.

Toen viel het licht uit.

Met een zucht leunde ze achterover en staarde boos naar de donkere muur voor haar. 'Klootzak van een klopgeest.'

Als reactie flikkerden de lichten weer aan. Het nabijgelegen fluwelen gordijn rimpelde en een magere man met een ontbloot bovenlijf stapte erdoorheen. Niet erlangs. Erdoorheen. Zijn stem klonk net zo uitgeteerd als zijn lichaam. 'Ik heb je gezegd dat je me niet zo moet noemen.'

Ze kieperde de krulspelden in een vergiet en draaide zich naar hem toe. 'Hou dan op je als een klopgeest te gedragen.'

Hij hield zijn hoofd schuin, terwijl de diepe rimpels in zijn gezicht een poging deden tot een vriendelijke glimlach. 'Je weet hoe je van me af kunt komen.'

'Nee. Ik blijf het je zeggen. Jij sterft samen met mij.' Ze zei dit al zo veel jaren dat de woorden haar niet eens meer een steek van spijt bezorgden.

Zijn gezicht vertrok tot een grauw masker, terwijl er paarse djinn-magie in zijn ogen vonkte. 'Wat kan jou het schelen wat er met mij gebeurt? Je wens is al betaald. Omarm het gewoon en leef je gelukkige, kleine, sterfelijke leventje zolang je nog tijd hebt.'

Tanika's maag draaide zich om, precies zoals bij elke interactie in de afgelopen veertien jaar. In werkelijkheid wilde ze precies doen wat hij voorstelde. Een stabiel thuis creëren met een gezin om van te houden. De droom van een klein meisje. Een droom waar ze voorgoed afstand van zou doen als dat betekende dat deze demon—hij noemde zichzelf een djinn, maar voor haar zou hij altijd een demon blijven—die in het medaillon van haar moeder woonde nooit meer iemand kon terroriseren. Ze draaide zich van hem af en hield zich bezig met het bijvullen van de shampooflessen. Meestal ging hij wel weg als ze hem lang genoeg negeerde.

Hij gleed naar voren en kwam recht voor haar tot stilstand, waarbij zijn vormeloze onderlichaam werd doorsneden door de rand van de wasbak. 'Wat dacht je ervan als ik hem inruil voor een nieuwe wens?'

Ze schudde haar hoofd en weigerde hem aan te kijken.

Hij gleed dichterbij en keek haar dreigend aan. 'Je gaat de salon verliezen.'

Haar onrustige maag trok zich samen tot een knoop; ze haatte het dat hij gelijk had. Elke keer dat ze probeerde op één plek te blijven en een leven op te bouwen, ging er iets mis, en ze wist zeker dat haar demon er de hand in had, hoezeer hij het ook ontkende. Ze begon zich net op haar gemak te voelen, maakte een paar vrienden, en dan werd op de een of andere manier alles onder haar voeten vandaan gerukt. Als ze de vervulling van haar wens niet wilde omarmen, zou hij alles afpakken wat als vervanging zou kunnen dienen.

Onlangs had haar huisbaas de huur van haar armzalige kleine pand verhoogd, in de hoop haar te verdrijven en het verouderde gebouw te kunnen slopen om plaats te maken voor een nieuw hotel. Zij en een handjevol medehuurders boden dapper weerstand, maar het was een strijd die ze waarschijnlijk niet zouden winnen. En het zou vrijwel onmogelijk zijn om elders in de stad een pand te vinden dat ze kon betalen.

De bel rinkelde, dit keer echt, en de verschijning van haar demon loste op in het niets. 'Ik ben zo bij u!' riep Tanika, terwijl ze haar handen afdroogde aan een handdoek.

In plaats van haar eerste klant stond meneer Daniels bij de deur, zijn witte schort besmeurd met iets wat op chocolade leek. 'Ik heb een éclair voor u meegebracht, Tanika. Voordat ze allemaal op zijn.'

'O, meneer Daniels, dat had u niet hoeven doen.' Haar heupen waren al rond genoeg zonder al dat eten dat hij haar toestopte. Niet dat ze nee zou zeggen tegen een chocolade-éclair.

'Het is niets.' De witharige oude man pakte haar hand en legde de met room gevulde lekkernij in haar handpalm. 'Ik sta nog steeds bij u in het krijt omdat u mijn zaak hebt gezuiverd van die lastige geest.'

Een blos kroop omhoog in Tanika's hals. Die lastige geest was haar demon geweest, en toen ze er eenmaal achter was gekomen dat hij na sluitingstijd voor problemen zorgde, had ze het medaillon van haar moeder verplaatst naar een kluisje bij de bank. Nu kon de djinn zich alleen nog materialiseren via de verbinding met haar onvervulde wens, waardoor zijn macht beperkt bleef tot haar directe fysieke nabijheid. 'U bent me niets verschuldigd, meneer Daniels.'

'Ik vertel al mijn klanten over u.' Hij keek om zich heen in het sjofele interieur. 'Ik begrijp niet waarom u en Birdie niet meer klandizie krijgen.'

Ze haalde haar schouders op. 'Niet veel mensen geloven in magie. Waarom denkt u dat ik ernaast knip?'

'Leest u niet de knobbels op de hoofden van mensen?'

Frenologie? Verdomme. Waarom had ze daar niet aan gedacht? Dat moest ze toevoegen aan haar lijst met diensten. 'Eh, ja. Jazeker, dat doe ik.'

Hij wierp een blik op haar wandklok. 'Ik kan maar beter teruggaan naar het café, mijn beste. Een prettige ochtend nog.'

Hoewel het nog maar net na achten was, plofte Tanika neer in haar kappersstoel en nam een grote hap van de éclair. Omdat ze niet wist wat de toekomst zou brengen, ging ze van elk moment genieten van wat ze nu had.

HOOFDSTUK 2

Ophir lachte terwijl zijn cabriolet met gierende banden de bocht nam. Deze moderne menselijke uitvindingen maakten het leven op aarde bijna draaglijk. Bijna.

Hij parkeerde de auto in een vak langs de rij vervallen winkelpanden. Telkens wanneer hij in een nieuwe stad kwam, bezocht hij het liefst eerst de oudste wijken en zocht hij in antiekwinkels naar elk teken van zijn soortgenoten. Door de eeuwen heen had hij vlagen van portalen opgevangen, maar hij kwam altijd te laat om de bron precies te kunnen lokaliseren. Na zoveel mislukkingen was zijn zoektocht meer een gewoonte dan een voornemen geworden.

Hij stapte uit de auto en bleef even op het trottoir staan, proberend te beslissen welke persona hij zou aannemen voor dit type stad met een typisch Amerikaanse *Main Street*. Hoewel hij zijn lengte van een meter negentig, zijn botstructuur of huidskleur niet kon veranderen, was hij er zeer bedreven in geraakt zijn kleding, houding en stem aan te passen om alles te kunnen veinzen, van een nerdy student tot een rijke miljardair. Vandaag besloot hij voor dat laatste te kiezen, maar op een ingetogen manier, waarbij hij zichzelf magisch hulde in een spijkerbroek van Givenchy en een overhemd dat los over zijn broek viel.

De deur van het morsige café waar hij naast geparkeerd stond, zwaaide open, waardoor er een geur van versgebakken lekkernijen naar buiten kwam, samen met een jonge vrouw die een witte papieren zak droeg. Hij glimlachte naar haar en ze bleef abrupt staan, haar mond viel open. Hij was deze reactie van vrouwen gewend, vooral in deze gedaante. 'Is het hier wat?' vroeg hij.

'Ja,' zei de vrouw met een ademloze stem.

'Bedankt.' Hij knipoogde en liep langs haar heen naar de deur. Hij had een voorliefde voor zoetigheid ontwikkeld na de ontdekking dat een flinke portie suikerhoudende koolhydraten de zwakte afweerde die hij ervoer nu hij weg was uit zijn eigen dimensie. Als hij zich vollaadde met koolhydraten, kon hij soms zelfs de meer uitputtende spreuken hanteren zonder daarna dagenlang uitgeschakeld te zijn. De energieboost stelde niets voor vergeleken met de energie die een djinn verkreeg bij het oogsten van een ziel, maar koolhydraten waren gemakkelijker te verkrijgen.

Binnen verraste het vrolijke interieur van het café hem. Botergele muren met witte biezen lieten de ruimte rondom de drie kleine houten tafeltjes groter lijken. Een handgeschreven bordje bij de deur vermeldde: WELKOM, GRAAG BESTELLEN AAN DE TOONBANK. Achterin toonde een grote glazen vitrine rijen versgebakken koekjes, brood en gebak.

Hij liep langs de tafeltjes en ging achter een man in een antracietgrijs pak staan die zijn bestelling plaatste. Bij de kassa begroette een oude man in een wit schort de klant bij zijn naam en nam snel zijn bestelling op, terwijl hij hem een kop koffie overhandigde om aan te nippen terwijl hij op zijn eten wachtte. Ophir stapte naar de toonbank en bekeek de weelderige desserts in de vitrine. 'Wat raadt u me aan?'

De ogen van de oude man waren roodomrand en vermoeid, maar hij glimlachte en wees naar een éclair met chocoladeglazuur. 'Deze maak ik maar één keer per week en ze zijn zo weg. Als u zin heeft in iets stevigers, bieden we vandaag clubsandwiches met scharrelkalkoen aan.'

'Ik neem drie éclairs.' Ophir greep in zijn zak en haalde zijn portemonnee tevoorschijn. 'En ach, vooruit, ook een sandwich.'

'Iets te drinken erbij?'

'Koffie met tien klontjes suiker.'

De oude man trok zijn wenkbrauwen op en overhandigde de koffie plus een witte zak met de éclairs. 'De suiker staat daar.' Hij wees naar een plankje bij de uitgang waar een grote witte suikerpot stond en een kan die vermoedelijk room bevatte. 'De sandwich is over een minuutje klaar.'

Ophir goot zijn suiker in de koffie en nam plaats tegen de muur. De bel boven de deur rinkelde en een oudere vrouw kwam binnen. Haar eenvoudige jurk met katoenprint schreeuwde armoede uit, maar ze droeg antieke camee-oorbellen en betaalde in kleingeld uit haar vintage bewerkte portemonneetje. *Een gierige weduwe, maar ze verwent haar kleinkinderen.*

Ooit zou hij zijn vaardigheid in het doorgronden van mensen hebben gebruikt om in te spelen op hun grootste angsten of diepste ondeugden en hen hebben aangemoedigd een wens te doen die hun ziel zou kosten. Nu las hij mensen alleen nog uit nieuwsgierigheid.

Hij sloot zijn ogen, leunde met zijn stoel achterover tegen de muur en snoof de lucht op van boter, gist, kaneel, chocolade en vanille. O, er waren zoveel heerlijkheden om te proeven. Hij moest deze plek onthouden zolang hij hier in de stad was. De geur van anijs dreef zijn kant op en hij ademde diep in.

Zijn ogen schoten open.

Anijs?

De geur bleef hangen rond de vrouw die zojuist was binnengekomen. Zijn stoel kletterde zijwaarts op de grond toen hij op de vrouw afstapte. Ze deed een stap achteruit en hield geschrokken een hand bij haar hart. 'Neemt u mij niet kwalijk?' vroeg ze.

Zijn neusvleugels trilden, zijn ogen scanden haar van top tot teen. De geur zat op haar, maar was niet *van* haar afkomstig. Het spoor liep naar de deur als geparfumeerde broodkruimels. Hij draaide zich om en stoof naar de uitgang, waarbij hij de deur zo hard opentrok dat het glas rammelde.

'Meneer! Uw sandwich!'

Ophir nam niet de moeite om te reageren. Op het trottoir leidde het spoor naar rechts. Hij drong zich langs een verbouwereerde voorbijganger. De geur was vers en scherp en leidde hem even trefzeker als een teugel.

Hij passeerde een fietsenmaker, een leegstaand winkelpand en een fotowinkel. De geur hield even plotseling op als hij was begonnen, en hij besefte dat hij te ver was gelopen. Hij keerde om, smeet een deur van zwart glas open en stapte een winkel binnen die opvallend verstoken was van enige uitstraling. Links stonden twee sjofele kappersstoelen; de bijbehorende spiegels waren met de hand beschilderd met de namen Birdie en Tanika bovenaan de rand. Een fluwelen gordijn van het plafond tot de vloer schermde een gedeelte achterin af, naast een deurtje met het opschrift 'toilet'. Er was niemand te zien, maar de geur van anijs vulde de ruimte als de hitte in een oven. Het bedekte alles met een vettige magie die ervoor zorgde dat de ogen van een sterveling er onbewust aan voorbij zouden glijden. *Interessante spreukkeuze voor een bedrijfspand.*

Ophirs blik sneed dwars door de begoocheling heen. Er was hier de afgelopen jaren regelmatig een portaal gebruikt om dit soort dikke neerslag achter te laten.

Uit een deurtje achterin hoorde hij een toilet doortrekken, waarna er een vrouw tevoorschijn kwam, haar donkere krullen in een warrige bos bovenop haar hoofd. Donkere ogen, een olijfkleurige huid, wangen nog rond van jeugdigheid. Reizigersbloed. Ze droeg een luchtige blouse die over haar heupen zweefde in een vederlichte streling, maar die er toch in slaagde de ronde vormen van haar borsten te accentueren. Ondanks zijn haast om het portaal te vinden, roerde zijn lid zich.

Een oprechte glimlach verscheen op haar gezicht. 'Welkom bij Salon de Seance! Waarmee kan ik je helpen?'

'Ik ben… op zoek naar iemand.' Hij liet zijn blik door de kamer dwalen, proberend de bron van de magie te lokaliseren. Maar het portaal was hier blijkbaar al zo lang en was zo vaak geopend en gesloten dat het onmogelijk was om één specifieke plek aan te wijzen.

'Oh.' Haar glimlach wankelde en werd daarna meer gemaakt. Haar stem had de opgewekte hoop verloren. 'Ik ben bang dat ik hier alleen ben. Misschien kan ik u interesseren voor een lezing?'

Hij kneep zijn ogen samen en probeerde haar te lezen, maar de vettige magie stoorde hem. In zijn vele eeuwen op aarde was hij slechts een handvol mensen tegengekomen met een greintje eigen magie. De meeste echte magie kwam van een mens die de krachten van een djinn uitgaf voor die van hemzelf. Zij moest van het portaal weten. Misschien zou ze tijdens haar 'lezing' de locatie onthullen. Hij dwong zijn schouders zich te ontspannen en glimlachte. 'Dat lijkt me wel wat.'

Ze knipperde met haar ogen. 'Echt waar? Ik bedoel… natuurlijk! Komt u deze kant op.'

Ze ging hem voor en schoof het versleten fluwelen gordijn opzij om een tafel te onthullen die bedekt was met een goedkoop rood kleed, geflankeerd door twee klapstoeltjes. Hij stapte de krappe ruimte binnen, zijn zintuigen alert op elk teken van het portaal. Het gordijn viel achter hen dicht, waardoor ze in de halfschemering stonden, en zij nam plaats aan de overkant van de tafel. Een lucifer ontbrandde, waarbij de anijsgeur werd vervuild door brandende zwavel, gevolgd door een kaars die rook naar laurierblad en vanille.

Hij fronste zijn wenkbrauwen. 'Moet je die aansteken?'

Ze aarzelde, de vlam zwevend boven een tweede kaars. Het flikkerende licht weerkaatste in haar ogen. 'Het helpt me om mijn paranormale energieën te centreren.'

Zo dicht bij een portaal zijn maakte hem onrustig. Als hij haar kon aanraken, zou hij tenminste kunnen bepalen of zij het portaal bij zich droeg. Misschien kon hij zelfs door de magie heen breken om haar angsten en verlangens te peilen. Met de kaken op elkaar geklemd stak hij zijn hand over de tafel. 'Leest u ook handpalmen?'

Ze blies de lucifer uit en gaf hem een ongemakkelijke glimlach. 'Ik moet u helaas vragen om vooraf te betalen.'

Hij onderdrukte een lach. Natuurlijk wilde ze geld. Ze was een vrouw van het reizigersvolk. Wie had er magie nodig om dit soort mensen te doorgronden? Hij haalde zijn portemonnee tevoorschijn, trok er een paar briefjes van honderd dollar uit en liet ze op de tafel dwarrelen. Hij had geen tijd om te onderhandelen. 'Is dit genoeg?'

Haar donkere ogen werden groot en ze knikte kort, terwijl ze de biljetten naar zich toe schoof. 'Wat is uw naam?' vroeg ze.

Hij stak zijn hand weer uit en legde hem met de palm naar boven op de tafel. 'Ophir.'

' Ophir.' Ze liet het woord over haar tong rollen, en hij merkte tot zijn verbazing dat hij zich afvroeg hoe die tong zou aanvoelen op zijn lid. 'Dat is een ongewone naam. Oud.'

'Dat weet ik,' gromde hij, proberend gefocust te blijven. Het was lang geleden dat een vrouw dit soort invloed op hem had uitgeoefend. *Vind het portaal. Daarna kun je de tijd verdrijven.* Hij wiebelde dwingend met zijn vingers.

Zonder hem aan te raken leunde ze over de tafel om te kijken, haar adem kriebelend op zijn huid. Boven de diepe halslijn van haar shirt leek haar decolleté om zijn aandacht te schreeuwen. Ze bestudeerde zijn open hand, nog steeds zonder hem aan te raken. Wat was ze aan het doen? Hij balde zijn vingers tot een vuist en verborg zijn palm.

Ze keek op en ontmoette zijn blik, haar donkere ogen als draaikolken in het kaarslicht. 'Ik kan niets lezen als u het me niet laat zien.'

Hij slikte, zijn mond was plotseling en onverklaarbaar droog. 'Moet u me niet aanraken? Om mijn levenslijn te volgen?'

'Ik geef er de voorkeur aan om de lezing niet te beïnvloeden met mijn eigen aura.'

Hij sperde zijn neusvleugels, zijn geduld raakte snel op. Langzaam ontspande hij zijn vingers, benieuwd naar wat voor onzin ze hem over zijn toekomst zou voorschotelen.

Ze staarde weer naar beneden, haar blik bleef rusten voor wat een eeuwigheid leek. Toen ze eindelijk opkeek, waren haar wenkbrauwen gefronst. 'Ik... je lijnen staan er allemaal, maar ze zien eruit als een illustratie uit een tekstboek. Alsof ze getekend zijn in plaats van voortgekomen uit je ziel.'

Ophir trok zijn hand terug alsof hij zich had gebrand. Hij keek in haar ogen en trok de draden van zijn magie om zich heen als een mantel, onzeker of hij moest wegrennen of dichterbij moest komen. Had hij daadwerkelijk een mens gevonden die zijn wereld kon aanraken? Ze had zeker iets van de waarheid gezien, maar begreep het niet. En hij had geen idee wat dat betekende.

Ze beet op een hoekje van haar bovenlip en liet haar blik naar haar schoot glijden. Langzaam bracht ze het geld dat hij haar gegeven had weer in beeld. Ze schoof de biljetten over de tafel naar hem terug en zei: 'Het spijt me.'

Hij staarde verbijsterd naar het geld. Het papier betekende niets voor hem. Hij kon er meer tevoorschijn toveren wanneer het hem uitkwam. Wat hem verbaasde, was dat ze het teruggaf. En er waren tegenwoordig nog maar weinig dingen die hem verbaasden aan mensen. Hij schudde zijn hoofd en zei: 'Weet je wat? Als ik jouw handpalm mag lezen, mag je het geld houden.'

Ze keek hem aan, met argwaan in haar ogen. 'Wil je me betalen om míjn handpalm te lezen? Waarom?'

Hij haalde zijn schouders op en hield vragend zijn hand op. 'Noem het een opwelling.'

Na een moment legde ze de rug van haar hand in zijn open handpalm. Haar gezicht bleef volkomen ernstig. 'Oké. Maar als dit een truc is om me mee uit te vragen, dan is het antwoord nee. En ik houd het geld sowieso.'

Grinnikend sloot Ophir zijn grote hand om haar kleinere en trok die naar zich toe. Haar knokkels waren een beetje schraal, maar de rest van haar huid was zacht en warm. Een frisse, citrusachtige geur steeg op van haar huid, en hij ademde diep in, op zoek naar de scherpe anijstoets van djinno-magie. Het was er, diep geworteld in haar weefsel, alsof haar cellen zelf doordrenkt waren met de kracht.

En nog steeds kon hij haar niet lezen.

Hij streelde met zijn duim over haar pols en voelde de menselijke hartslag onder haar huid. Er zat nog iets meer in haar, iets van zijn eigen wereld. Iets van een djinn. Ze was toch zeker niet de *bron* van de magie? Een portaal moest van metaal zijn.

'En, wat staat er?' vroeg ze, zijn gedachten onderbrekend.

Met een ernstig gezicht leunde hij naar voren over de tafel. Hij wist niet zeker wat hier aan de hand was, maar hij wist wel hoe hij erachter kon komen. 'Geloof het of niet, maar er staat dat je met me uitgaat.'

Vanaf de plek waar de vingers van de vreemdeling om Tanika's pols lagen, trok er een rilling over haar arm die zich in haar borst leek te nestelen. Nog onverwachter begon er een vurig verlangen diep in haar binnenste te kloppen. Ze werd regelmatig mee uitgevraagd, maar ze zei altijd nee. Daten betekende emoties. Binding. Een verlangen naar familie. Het ene wat ze nooit kon hebben. Door zoiets waar te laten worden, zou haar djinn vrijkomen, en ze had gezworen er alles aan te doen om hem mee het graf in te nemen voor wat hij had gedaan.

Op haar zevenentwintigste was ze nog steeds maagd, en ze was van plan dat te blijven tot de dag dat ze stierf. Toch gaf deze man, deze vreemde en sexy man, haar de drang om haar eigen regel te verbreken, voor deze ene keer.

'Je weet niet eens hoe ik heet,' zei ze, terwijl haar hart in haar oren denderde.

'Mmm,' zei hij, terwijl hij één koffiebruin oog half dichtkneep en haar handpalm bestudeerde. Hij had wimpers waar een supermodel jaloers op zou zijn. 'Ik gok dat je naam... Tanika is.'

Ze hikte van schrik en trok haar hand weg, terwijl haar hartslag omsloeg van opgewonden naar angstig.

De gave van haar moeder was veel sterker geweest dan die van Tanika, maar zelfs zij kon iemands naam niet raden door naar diens handpalm te kijken. 'Hoe in vredesnaam kon je dat daar zien?'

Hij grijnsde en wees met zijn duim over zijn schouder. 'Normaal gesproken onthult een magiër zijn geheimen niet. Maar je naam staat daarbuiten op de spiegel geschilderd. Ik gokte erop dat je er niet uitziet als iemand die Birdie heet.'

Tanika ontspande weer in haar klapstoeltje. Hij was gewoon een charmeur. Daar kon ze wel mee omgaan. *Iets voor iets.* Ze reikte naar voren, pakte de biljetten die nog op tafel lagen en stak ze in haar zak. Hiermee kon ze een uitzetting tenminste nog een maand voorblijven. Ze zette haar meest mysterieuze glimlach op en keek hem door haar wimpers heen aan. 'Ik ben bang dat ik niet aan daten doe. Maar als je morgen terug wilt komen voor een nieuwe lezing nadat mijn paranormale energieën weer opgeladen zijn, kijk ik graag nog eens naar je toekomst.'

Hij leunde met zijn brede schouders achterover tegen zijn stoel en vouwde zijn handen in zijn schoot, terwijl zijn ogen dansten van pret. 'Hoe weet je dat ik een toekomst heb?'

Tanika kreeg een kleur en bracht een hand naar haar hals. 'Ik bedoelde niet... ik bood alleen maar aan...'

'O, nu is mijn lieve kleintje helemaal van haar stuk gebracht.' De zwoele diepte van zijn stem deed haar denken aan een tijger die op het punt stond toe te slaan en zijn perfecte witte glimlach dreigde haar te verblinden. Geen enkele man zou zoveel seksappeal mogen hebben.

'Ik wil niet dat je denkt dat ik achter je geld aan zit.'

'Nou, is dat dan niet zo?'

Ze knipperde met haar ogen, onzeker over hoe ze moest antwoorden. Natuurlijk zat ze achter zijn geld aan. Alleen niet op een achterbakse manier. 'Ik zal je volgende lezing gratis doen.'

'Ik zou veel liever hebben dat je gewoon met me uitgaat.'

'Ik heb al nee gezegd.'

'Ik geloof in tweede kansen.'

Ze likte haar lippen en vroeg zich af hoe een afspraakje met deze man zou zijn. Ze was nog nooit op een date geweest. Nooit. Hoewel ze zijn toekomst niet had kunnen lezen, had ze veel ervaring met het doorgronden van mensen in het algemeen. Ophir leek haar het type man dat een meisje als een prinses zou behandelen, althans voor de korte duur dat hij haar het hof maakte. Bovendien was hij ongelooflijk sexy. Ze schudde haar hoofd en drukte haar bovenbenen tegen elkaar. Seks zou haar wens niet vervullen, maar haar djinn zou er alles aan doen om haar wens in vervulling te laten gaan, zelfs een charmeur veranderen in een toegewijde echtgenoot. En toch… hoe zou het voelen om Ophir te kussen? Alleen al om te kunnen *zeggen* dat ze een man als Ophir had gekust?

De bel bij de ingang rinkelde en de bekende, trippelende voetstappen van Birdie klikten over het linoleum, wat Tanika terugbracht naar de realiteit. Ze stond op en schoof het zware fluwelen gordijn opzij. 'Het spijt me. Ik kan het echt niet doen.'

Ophir stond ook op en kwam dichter bij haar staan dan nodig was om te vertrekken. Door zijn indrukwekkende lengte werd ze net zo duizelig als door de mannelijke geur die hem omringde. Was dat Polo? Hij boog zich voorover om dicht in haar oor te fluisteren. 'Je zult het wel doen. Ik ben een geduldige man.'

Met die woorden draaide hij zich om naar Birdie. 'Jij moet Birdie zijn! Misschien heb je tijd om mijn haar even bij te punten?'

Tanika zag hoe de kleine vrouw een kleur kreeg tot aan haar platinablonde haarwortels terwijl Ophir in haar stoel plaatsnam. Ze wierp Tanika een blik toe alsof ze om toestemming vroeg. Tanika haalde haar schouders op en knikte. Laat hem zijn aandacht maar op een andere vrouw richten. Dat kon haar niets schelen.

Maar terwijl Birdie zijn haar knipte en kletste over onbenullige zaken als het weer, merkte Tanika dat ze klusjes zocht om in de buurt te blijven, terwijl haar blik veel te vaak naar het knappe gezicht van Ophir afdwaalde. En wat erger was: ze betrapte hem erop dat hij—veel te vaak—terugkeek, met het sexy begin van een kuiltje in zijn mondhoek.

Het verraste haar niet dat hij Tanika een vette knipoog gaf, contant betaalde en de deur uitliep zonder nog een blik achterom te werpen.

Birdie liet zich in haar stoel vallen. Ze schopte haar hoge hakken uit en wuifde zichzelf koelte toe met het briefje van honderd dollar dat hij had achtergelaten. 'Waar kwam dat stuk van een man vandaan?'

Tanika staarde naar de deur, nog steeds een beetje beduusd, en richtte toen haar aandacht weer op de krullers die ze voor de derde keer aan het sorteren was. 'Hij kwam gewoon van de straat binnengelopen. Zei dat hij op zoek was naar iemand.'

'Lieve hemel, hij mag op elk moment op zoek komen naar iemand in mijn stoel. Of onder mijn stoel, als je begrijpt wat ik bedoel.' Birdie ging rechtop zitten en stak het biljet in haar beha. 'Waarom vroeg hij jou niet om zijn haar te knippen?'

Tanika haalde haar schouders op en bracht de krullers terug naar de plastic opbergplank. 'De rijkdom verdelen? Ik heb een lezing voor hem gedaan. Of dat geprobeerd.'

'Hoe bedoel je?'

Ze schudde haar hoofd en herinnerde zich de vreemde, rubberachtige weerstand toen ze haar blik op hem had gericht. 'Het was raar. Alsof hij met een laagje plastic was overtrokken of zo. Ik kon de buitenkant zien, maar niet de echte man die daaronder zat.'

'O, mysterieus. Misschien is er nu eindelijk iemand die je interesse kan wekken, hè?'

Tanika snoof. 'Ja, vast. Alsof hij geïnteresseerd zou zijn in mij.'

'Zoals hij in de spiegel naar je bleef kijken, denk ik niet dat hij een woord heeft gehoord van wat ik zei.'

'Niemand hoort ooit een woord van wat jij zegt, Birdie. Je praat over het weer.'

'Waar moet ik het dan over hebben?'

'Weet ik veel. Sappige dingen.'

Birdie sprong uit de stoel en pakte de bezem om de bijna onzichtbare resten van Ophirs haar op te vegen. 'Niet iedereen heeft de gave om de sappige dingen te vinden.'

Tanika legde een hand op haar hart. 'Ik gebruik mijn gave nooit voor het verkeerde.'

'Mmm. Nou, misschien zou je dat af en toe eens moeten doen. Al was het maar om ons meer van dat soort klanten te bezorgen.'

Zuchtend ging Tanika het stoffer-en-blik halen. Nog meer van dat soort klanten en haar demon zou weleens zijn zin kunnen krijgen.

HOOFDSTUK 3

Ophir keerde terug naar de bakkerij, maar ontdekte dat de éclairs waren uitverkocht. Teleurgesteld kocht hij in plaats daarvan een enorme bosbessenmuffin en drie koekjes en nam plaats aan een van de tafeltjes terwijl hij toekeek hoe klanten het kleine café in en uit liepen. Door de eeuwen heen had hij periodes van genotzucht gekend—eten, drank, seks, zelfs enkele van de interessante drugs die door mensen waren gecreëerd. Zijn onsterfelijke lichaam kon net zozeer in pleziertjes verdrinken als dat van een sterveling. Maar in tegenstelling tot stervelingen eindigde een verzadiging van ondeugd bij hem altijd in verveling, in plaats van in de dood.

De weelderige vrouw was een interessant raadsel. Een weg naar huis, of iets anders? Misschien droeg ze een vleugje djinnbloed in zich. Het zou de tinteling van magie verklaren die van haar huid opsteeg. Zijn bloed werd warm bij de gedachte aan haar huid. *Al* haar huid. Naakt, loom liggend op een bed van zijden kussens, haar glanzende zwarte haar als een waaier om haar hoofd verspreid. Hoe lang was het geleden dat een sterveling hem had geïntrigeerd? Hij had zichzelf niet toegestaan geïnteresseerd te raken in, laat staan gehecht te raken aan, een van de kortstondige wezens sinds Emelda van hem was afgenomen.

Een rauwe plek diep in hem dreigde weer open te scheuren en hij schudde zijn hoofd om het te verdrijven. Geen tijd om nu in die put te vallen. Er was een portaal in de buurt. Thuis was nabij, vol met mede-djinn met levens die lang genoeg duurden om ertoe te doen. Niet langer leven tussen deze pijnlijk kortlevende mensen. Hij moest alleen nog bedenken hoe hij Tanika zover kon krijgen dat ze zich voor hem openstelde.

Terwijl hij de kruimels van zijn vingers likte en van zijn koffie nipte, zag hij een jongetje zijn voorhoofd tegen de vitrine van het café drukken terwijl zijn moeder hun bestelling afrekende. Stervelingen. Ze waren gemaakt om te sterven; de jongen waren bijzonder kwetsbaar. Toch ploeterde het ras op de een of andere manier voort alsof ze iets belangrijks deden. Hij had generatie na generatie zien weigeren te leren van eerdere fouten.

Nou, hij had van de zijne geleerd. Geen hechting aan stervelingen.

Tanika was een sterveling, dus zijn enige interesse in haar mocht niets anders blijven dan een middel tot een doel. Zoals elke sterveling met toegang tot een djinn, zou ze die kennis voor zichzelf houden. Hij zou het haar moeten ontlokken. Maar ze had al heel duidelijk gemaakt dat ze niet geïnteresseerd was. Ze had voet bij stuk gehouden tegenover hem, zijn geld, zelfs zijn subtiele verleidingsmagie. Eerst had hij gedacht dat de camouflagemagie die hij in de hele salon had waargenomen de boel verstoorde, maar Birdie had gereageerd zoals verwacht. Alleen Tanika was immuun. Hij zou de sexy vrouw op de moeilijke manier moeten verleiden: met charme.

De eigenaar van het café liep naar Ophirs tafel met een kan koffie in de ene hand. Er zat bloem op zijn onderarmen en hij liep met de voorzichtigheid van iemand met zere voeten, maar Ophir voelde dat de man van zijn zaak hield, hield van de gemeenschap die het volgens hem opbouwde. 'Bijvullen?' vroeg de man.

Ophir knikte en schoof zijn kopje naar voren. Deze persona was veruit een van zijn favorieten. Zowel vrouwen als mannen reageerden gunstig op een lange, knappe en overduidelijk rijke man in de kracht van zijn leven. 'Dank u wel.'

De man schonk dampende, geurige koffie in het kopje. 'Ik heb u hier nog niet eerder gezien. Bent u nieuw in de stad?'

'Dat klopt. Mijn naam is Ophir.' Hij stak zijn hand uit om die te schudden. 'U lijkt hier veel vaste klanten te hebben.'

'Dat is de enige manier waarop ik de deuren open kan houden. Gregory Daniels.'

'Het lijken hier zware tijden.' Ophir blies een kleine vertrouwenstover in de richting van de oude man, in de hoop meer informatie te vergaren. 'Kent u Tanika? Van de salon?'

De rimpels in het gezicht van meneer Daniels plooiden zich in een glimlach. 'Bent u een vriend van Tanika?'

'Ik heb haar eigenlijk pas net ontmoet. Ik zou haar graag mee uitvragen.'

'Oh, ze is een schat. Ze werkt veel te hard. Hier.' Daniels trok zich terug achter de toonbank en kwam tevoorschijn met een klein zakje. 'Breng dit naar haar toe. Ze is een echte zoetekauw.' Hij knipoogde.

Zoetekauw. Goed om te weten. Ophir boog dankbaar zijn hoofd. 'U bent te vriendelijk.'

'Wees maar goed voor haar. Ze gaat niet vaak uit.'

'Ik zal mijn best doen.' Ophir legde een briefje van honderd dollar op tafel en liep naar de deur, terwijl hij eraan dacht hoe goed hij wel niet voor haar zou willen zijn.

Op de stoep weerkaatste het late middagzonlicht op het plaveisel, terwijl het gedreun van passerende auto's de lucht vulde. Een dakloze man zat met zijn benen over de helft van de stoep gestrekt en riep een vrouw na die voorbij snelde. 'Trouw met me! Trouw met me!'

Terwijl hij met een spreuk de man aanmoedigde te gaan slapen, stapte Ophir om hem heen. Geen wonder dat deze zaken het moeilijk hadden. Hij liep naar de salon en snoof de diepe geur van anijs op.

Binnen boog Birdie zich over een oudere dame in haar stoel. Ze keek over haar schouder naar de deur. 'Nou, hallo zeg, ben je daar weer!'

Terwijl hij de kleine ruimte scande, hield Ophir het tasje omhoog. 'Ik heb een bezorging voor Tanika.'

'O, nee! Ze is net weg.' Birdies wenkbrauwen fronsten van oprechte spijt, en hij merkte dat hij haar ondanks zichzelf aardig begon te vinden. Ze likte haar lippen en wierp een blik op de wandklok. 'Ik denk niet dat ze vanavond nog terugkomt.'

Ophir opende de zak en keek erin. Een glanzende chocolade-éclair lag onderin, in een papieren vormpje. Hij grinnikte. 'Die oude bakker vertelde me dat hij uitverkocht was.'

'Je bedoelt meneer Daniels?'

'Ik heb begrepen dat Tanika dol is op gebak.' Ophir hield zijn hoofd schuin. Hij kon net zo goed beginnen met het oefenen van overredingskracht zonder magie te gebruiken. 'Zou je haar op de een of andere manier kunnen laten weten dat ik er ben?'

Birdie grijnsde. 'Goed geprobeerd. Zal ik haar even bellen? Je mag wachten als je wilt.'

'Dat zou ik zeer op prijs stellen.'

Terwijl ze haastig haar telefoon tevoorschijn haalde en het nummer draaide, slenterde hij terug naar het gedeelte achter het gordijn. Hij kon deze tijd net zo goed gebruiken om naar het portaal te zoeken. Een djinn-talisman onbeheerd achterlaten zou een beginnersfout zijn, maar goed, Tanika *was* een mens. Haar ras maakte al millennia lang beginnersfouten.

Hij liet zijn vingertoppen over het fluwelen gordijn glijden, over de wankele tafel en naar de stoel waar Tanika had gezeten. De hele salon stonk naar haarchemicaliën en geurkaarsen, maar daaronder lagen de resten van magie, zowel oude als nieuwe. Terwijl hij naar Birdie keek, die in haar telefoon praatte en hem door haar wimpers heen aankeek, nam hij nonchalant plaats in de stoel van het medium en ging met zijn hand onder de tafel. Niets daar. Hij zette het tasje neer en liet zijn blik over de muren dwalen. Een goedkope plastic klok in de vorm van een kat en een oude, ingelijste foto waren de enige decoraties naast de spiegels. Hij stond op en liep naar de foto, boog zich iets voorover om te kijken naar de verweerde gezichten van twee vrouwen die hem nors aankeken alsof ze niet op de foto hadden gewild. Hun donkere, krullende haar deed hem aan Tanika denken. Familieleden?

Birdie riep door de salon: 'Ze is er over een paar minuten.'

Hij liep naar de stoel van Tanika en snoof naar magie terwijl hij zich op het versleten nepleer liet zakken. Nog steeds niets. De oude dame in Birdies stoel straalde hem toe. 'Ben jij even een flinke jongeman.'

Hij glimlachte beleefd, popelend om de toonbank en de spiegel te doorzoeken. Hij had een afschermingsspreuk kunnen uitspreken om precies dat te doen, maar om de een of andere reden had het idee om Tanika zonder magie te verleiden hem in zijn greep, en hij wilde het 'eerlijk spelen,' al was het maar in zijn eigen hoofd. In plaats van magie te gebruiken, zat hij daar en staarde naar elk voorwerp alsof het kon gaan praten en alle geheimen van de salon zou onthullen, en hopelijk ook die van Tanika. Er lagen verschillende enveloppen op de toonbank, waarvan de bovenste was bestempeld met een grote rode waarschuwing: BETALINGSACHTERSTAND. Bussen haarlak en mousse. Verscheidene plastic kammen en borstels. Langs de linkerrand van de spiegel overlapten foto's van willekeurige, glimlachende mensen elkaar in een collage die hij niet begreep. Niets ouds. Niets van metaal. Niets dat een *portaal* was.

Na een paar minuten rinkelde het belletje boven de deur en kwam Tanika binnen, haar gezicht licht blozend en haar volle borsten zwoegend. Haar wenkbrauwen waren gefronst van bezorgdheid, maar op het moment dat haar blik de zijne in de spiegel ontmoette, leek ze te ontspannen. Ze keek Birdie streng aan. 'Je zei dat ik een spoedcliënt had.'

'Deze kerel is heet genoeg om het brandalarm te laten afgaan.' Birdie zwaaide met haar schaar zonder op te kijken. 'Dat noem ik een noodgeval.'

De dame in haar stoel bedekte haar lach met haar vingers.

Ophir stond op en rekte zich loom uit, wetend welk effect zijn lichaam op de meeste vrouwen had. 'Het is eigenlijk een spoed-éclair. Meneer Daniels heeft hem voor je gestuurd. Het is de laatste, en ik zou het zonde vinden als hij vannacht oud wordt.'

Haar gezicht verzachtte. 'Meneer Daniels? Ik begrijp het. Nou, dank je wel.'

'Hij zei dat je hem met me zou delen.'

Ze trok één wenkbrauw op en een flauwe glimlach speelde om haar mondhoek. 'Ik deel mijn toetjes niet. Kun je dat niet zien?'

Ophir slaakte een melodramatische zucht. 'Nou, dan moet ik de rest blijkbaar maar opeten.'

'De rest?'

Hij haalde zijn schouders op. 'Ik had honger.'

'Heb je mijn éclair opgegeten?' Ze knipperde met haar ogen, alsof ze zijn woorden werkelijk niet kon geloven.

Hij glimlachte zijn beste, meest sexy glimlach. Het was eeuwen geleden dat hij puur op zijn verstand en charme had moeten vertrouwen en hij voelde zich een beetje roestig. De uitdaging was heerlijk, vooral bij iemand die zo koppig was als Tanika. 'Laat me het goedmaken met een etentje.'

Ze sloeg haar armen over elkaar en haar gezicht werd harder. 'Ik heb gezegd dat ik niet met je uitga.'

'Geef me één goede reden waarom niet.'

Birdie nam het woord achter hem. 'Ze doet niet aan daten.'

Tanika wierp een boze blik in haar richting.

Misschien had een eerder liefdesverdriet haar op haar hoede gemaakt? Hij haalde diep adem en veranderde van tactiek. 'Ik vraag niet om een date. Ik betaal je terug voor de éclair.'

De bibberige stem van de oude dame mengde zich in het gesprek. 'Geef die jongen toch een kans.'

'Je moet toch eten?' vroeg Ophir.

'Ik zei nee,' beet Tanika hem toe tussen haar tanden door.

Deze vrouw was meer dan een uitdaging. Ze was onmogelijk. Hoe kon hij haar zonder magie charmeren? Hij herinnerde zich de onbetaalde rekeningen op de toonbank. Misschien kon hij een andere manier vinden om haar aandacht te trekken. Hij slaakte een melodramatische zucht. 'Ik had gehoopt dit wat subtieler aan te pakken, maar ik kan maar beter meteen ter zake komen. Ik wil investeren in je salon.'

De kamer viel stil; zelfs het 'knip, knip' van Birdies schaar hield op.

'Denk je dat ik achterlijk ben?' vroeg Tanika. 'Niemand zou hierin willen investeren.'

Hij hield beide handen omhoog met de handpalmen naar buiten. Hij had eindelijk een gevoelige snaar geraakt. Maar hij zou dit voorzichtig moeten spelen, anders zou ze hem op staande voet uitzetten. 'Je bent het eerste echte medium dat ik heb ontmoet. Een oprecht mens met een vleugje echte magie,' zei hij. De waarheid van zijn woorden deed zijn bloed sneller stromen. Als hij nooit een portaal naar huis zou vinden, was zij misschien wel het dichtste dat hij ooit bij zijn eigen soort zou komen. Hij stapte naar voren en legde een hand op haar elleboog. De zachte huid onder zijn vingertoppen stuurde een onverwachte rilling van genot door zijn arm. 'Kunnen we erover praten tijdens het eten?'

Een kort moment verzette ze zich tegen de druk van zijn hand.

Hij krulde zijn vingers om haar binnenarm en streek met zijn middelvinger over de zachte plooi in haar elleboogholte. Een lichte rilling trok over haar huid onder zijn vingertoppen en een blos over haar wangen. Hij glimlachte en vroeg met een lage, intieme stem: 'Alsjeblieft?'

Tot zijn genoegen liet ze zich door hem naar zijn cabriolet leiden.

HOOFDSTUK 4

Tanika maakte haar gordel vast, nog steeds in een roes terwijl ze keek hoe Ophir voor de knalrode Ferrari-cabriolet langs liep om op de bestuurdersstoel te gaan zitten. *Heilige stront, hij rijdt in een verdomde Ferrari.* Als ze niet al in een soort hormonale waas had verkeerd door de aanraking van zijn hand op haar arm, zou ze ter plekke zijn flauwgevallen. Vanaf het moment dat hij de salon was binnengestapt, had ze expliciete fantasieën gehad en nu was ze op date met hem. In een Ferrari. Of tenminste, het was het dichtste dat ze ooit bij een date zou komen.

'Het is maar een zakendiner,' hield ze zichzelf voor. Maar ze kon haar ogen niet afhouden van zijn brede schouders of de manier waarop zijn kont uitkwam in die ongetwijfeld peperdure spijkerbroek.

Hij gleed in de stoel en keek haar aan. 'Kap omlaag?'

Het enige waar zij aan kon denken, was haar borsten aan hem te ontbloten. Haar tepels werden hard bij de gedachte aan zijn blik die over haar huid gleed. Vingers die de gevoelige, roze puntjes streelden. Misschien die sensuele mond van hem...

Ze schrok op uit haar dagdroom en knikte, zich terdege bewust van zijn mannelijke eau de cologne. Hij startte de motor. In stomme fascinatie keek ze hoe zijn hand naar de versnellingspook bewoog en de auto in z'n één zette. Zo dicht bij haar linkerknie dat er een rilling van genot door haar been trok, die zich laag en heet in haar buik verzamelde. Ze vocht tegen de drang om haar knieën te spreiden en contact te maken met die hand. Ze was nog maagd, maar dat betekende niet dat ze zich niet kon voorstellen hoe het zou voelen om zijn handpalm over de binnenkant van haar dij te laten glijden...

Ze rukte haar blik weg, klemde haar knieën tegen elkaar en dwong zichzelf door de voorruit te staren.

Hij voegde in bij het verkeer, en trok snel op,

stuurde scherp door een bocht en stoof de oprit van de snelweg op.

Haar maag maakte een sprongetje door de versnelling heen. Hij schoot behendig om een logge vrachtwagen heen en stoof langs een rij auto's aan de rechterkant. Ze glimlachte breed, terwijl haar krullen om haar gezicht zwiepten.

Hij wierp haar een blik toe. 'Hou je van snelheid?'

'O, ja,' bracht ze naar adem happend uit, terwijl ze haar hoofd in haar nek gooide toen de auto naar voren schoot. Snelheid was heerlijk.

Hij schakelde opnieuw, gleed tussen twee sedans door en voegde in op de langzame rijstrook. Daarna gaf hij weer vol gas, waarbij de motor van de cabriolet diep in haar botten trilde.

Veel te snel bereikten ze de afrit en minderde hij vaart tot een rustiger tempo voor de zijstraten. Ze gleden tot stilstand voor Bottega Soleil, het chicste Franse restaurant van de stad. Er werd gezegd dat deze plek maanden van tevoren volledig volgeboekt was. Had hij niet gezegd dat hij nieuw was in de stad?

Met beide handen streek ze haar haar uit haar gezicht, buiten adem door de verleiding van de snelheid, en reikte naar de deurklink. Hij had het portier al voor haar geopend en hield een hand uit om haar uit de lage stoel te helpen. Hoe had hij dat gedaan? Dit begon steeds meer op een date te lijken. Het zweet brak haar uit onder haar oksels. Ze nam de aangeboden hand aan, haar huid tintelde bij het contact, en ze kwam overeind. 'Je weet toch wel dat je hier niet binnenkomt zonder reservering?'

'Maak je geen zorgen.' Hij grijnsde zelfverzekerd. 'Ik regel wel een tafeltje.'

Hij hield haar bij haar elleboog vast, waardoor haar hart sneller ging kloppen, en leidde haar naar de deur. De maître d' keek op en glimlachte naar hen— nou ja, naar Ophir. Zijn minachtende blik gleed over Tanika's goedkope zwarte pantalon en boerenblouse en hij keek niet nog een keer.

'Wacht hier,' zei Ophir en hij liep nonchalant op de man af. Na een paar korte woorden en een gulle fooi begeleidde de man hen naar het sfeervol verlichte eetgedeelte. Een strijkkwartet speelde zachtjes in een hoek van de zaal en bordeauxrode tafelkleden vielen in perfecte plooien van alle tafels, waarbij elk gedekt couvert glansde van kristal en zilver. Enkele witte rozenknoppen dienden als tafelstuk en de gasten droegen parels en dassen. Tot haar verbazing hield de maître d' haar stoel voor haar naar achteren, schudde haar servet uit en legde het op haar schoot.

'Dank u wel,' mompelde ze.

De serveerster arriveerde direct na de maître d', zette een mandje op tafel en overhandigde hun beiden een menukaart. Ze glimlachte stralend naar Ophir en frunnikte aan het bovenste knoopje van haar blouse terwijl ze hem een wijnkaart overhandigde. 'Kan ik u alvast een drankje aanbieden?'

Ophir nam de kaart aan zonder naar de vrouw te kijken; zijn blik was strak op Tanika gericht. 'Heb je liever rood of wit?'

Tanika's huid tintelde onder zijn aandacht en de warmte verzamelde zich diep in haar schoot. Nog nooit in haar leven had ze zo'n reactie op een man gehad. Alles wat hij deed leek een seksuele bijbedoeling te hebben, al was het maar in haar eigen hoofd. Hij maakte haar… wiebelig. Er was geen ander woord voor. Ze schudde haar hoofd en vouwde haar handen op haar schoot. 'Water is prima.' Ze kon maar beter haar hoofd erbij houden bij deze man.

Ophir gaf de kaart terug. 'We beginnen met vers fruit en kaas, plus twee glazen rode huiswijn.'

De serveerster knikte en liep weg. Tanika bleef kaarsrecht op haar stoel zitten, haar blik op Ophir gericht. 'Laten we dit professioneel houden.'

Hij tilde zijn servet op tussen twee gemanicuurde vingers en wapperde het open voordat hij het over zijn schoot legde. 'In welk opzicht ben ik niet professioneel?'

'Je hebt wijn besteld.'

'Heb je dan nooit wijn gedronken bij een zakendiner?' Hij trok een wenkbrauw op.

Tanika voelde zich plotseling heel onbeduidend. 'Ik ben eigenlijk nog nooit op een zakendiner geweest.'

Een sexy glimlach gleed over zijn lippen. '*Ik* heb nog nooit zo'n eerlijke vrouw van het reizigersvolk ontmoet.'

Haar borst trok samen. Haar moeder noemde zichzelf een vrouw van het reizigersvolk. Haar eerste acht levensjaren had Tanika op de weg doorgebracht. Haar wens voor een echtgenoot en een gezin was voortgekomen uit een verlangen naar stabiliteit. Tanika balde haar handen tot vuisten op haar schoot en antwoordde in een fluistering waarvan ze niet eens wist of Ophir het kon horen: 'Ik ben geen vrouw van het reizigersvolk.'

Hij hield zijn hoofd schuin, alsof hij naar iets luisterde dat dieper zat dan haar woorden. 'Ik veronderstel dat je dat inderdaad niet bent.'

De serveerster kwam terug met twee glazen wijn en vertrok weer. Het strijkkwartet begon aan een bekende wals, waarbij elke noot door de lucht zinderde als een hartslag. Ophir pakte zijn wijnglas en nam een slok, terwijl zijn diepbruine ogen haar over het glas heen gadesloegen. Ongemakkelijk staarde ze naar haar eigen glas, maar ze raakte het niet aan. 'Waarom heb je me hier eigenlijk naartoe genomen?' vroeg ze.

Het bleef even stil. 'Ik wil echt in je investeren. Zie je de toekomst?'

Terwijl ze diep ademhaalde, dacht ze na over hoe ze haar gave onder woorden moest brengen. 'Niet zozeer de toekomst. Meer… de verlangens van een persoon.'

'En daar maak je misbruik van.'

'Nee!' Haar moeder had haar gave zo gebruikt. Ze peilde het diepste verlangen van een cliënt en liet dan de djinn los op degenen die het meest bereid waren te betalen. De cliënt kreeg zijn wens, ma kreeg haar geld en de demon kreeg weer een ziel. 'Ik gebruik mijn gave nooit om uit te buiten. Alleen om mensen in hun kracht te zetten.'

'Nou, daar ligt je probleem. Je verkoopt jezelf te goedkoop. Het klinkt alsof je een zakelijk adviseur nodig hebt.'

Ze keek weg. Birdie vroeg haar altijd hetzelfde. De waarheid was dat ze niet genoeg vroeg. Soms gaf ze gratis advies. Haar cliënten hadden vaak een laag inkomen en hadden net zo goed een schouder nodig om op uit te huilen als wat dan ook. Hoe wist deze vreemdeling zo veel over haar? 'Mijn klanten hebben niet veel geld.'

'Ik neem aan dat de meesten van hen rijkdom wensen. Kun je hen daar niet… naartoe leiden?'

'De meeste mensen zeggen dat ze geld willen, maar als je dieper kijkt, ontdek je dat ze eigenlijk iets anders willen. Iets waarvan ze denken dat ze het met geld kunnen kopen. Meestal kan dat niet. Ik help hen zich te concentreren op de dingen die ze willen en die recht voor hun neus liggen.'

Een schaaltje met kazen, druiven, vijgen en meloen leek op tafel te verschijnen, bijna als bij toverslag. Ophir koos een dikke druif, stak hem in zijn mond en kauwde langzaam. Moest elke beweging die hij maakte zo verdomd sexy zijn?

'En bovendien,' Tanika pakte een stukje meloen en snoof de zoete, frisse geur op voordat ze er een hapje van nam, 'als ik wist hoe ik aan een berg geld kon komen, denk je dan niet dat ik dat inmiddels al had gedaan?'

Hij lachte. 'Ik dacht dat dat de reden was dat je met me praatte?'

Tanika glimlachte en weigerde op zijn uitdaging in te gaan. 'Jij bent degene die erop stond om mij mee uit eten te nemen. Wil je daarmee zeggen dat jij mijn uitgekomen wens bent?'

'Dat kan ik zijn als je dat wilt.' Het lage gerommel van zijn stem en de intensiteit van zijn blik maakten haar vanbinnen helemaal week.

Ze keek weg en bestudeerde de andere gasten terwijl ze haar kalmte herwon. Bijna allemaal stellen. Een gezin in de hoek had een klein kind bij zich. Wie kon het zich veroorloven om een kind mee te nemen naar een restaurant als dit? Een ander stel in de buurt zat elkaar diep in de ogen te kijken. De zwangere buik van de vrouw rustte tegen de rand van de tafel. Ze kon de bitterheid in haar stem niet verbergen toen ze zei: 'Je hebt geen idee wat mijn wens is.'

De serveerster verscheen weer en Tanika realiseerde zich dat ze de menukaart nog niet eens had geopend. Zonder blikken of blozen bestelde Ophir voor hen beiden, en de serveerster nam de kaarten mee. 'Ik ben vrij goed in het raden naar de verlangens van een vrouw,' zei hij met een zwoele stem. Ze hield haar adem in toen hij naar voren leunde. 'Geef me je hand.'

Zonder na te denken bood ze hem haar handpalm aan, in de veronderstelling dat hij weer zou doen alsof hij haar toekomst las. Zijn lange vingers sloten zich zachtjes om de hare en hij stond op, haar meetrekkend uit haar stoel. 'Mag ik deze dans van je?'

Zonder haar de tijd te geven om te antwoorden, trok hij haar mee naar het kwartet. Er was een kleine dansvloer tussen de muzikanten en de tafels, maar niemand maakte er gebruik van. Ze hakkelde wat, zich pijnlijk bewust van alle ogen in het restaurant die hen volgden. Het kloppen van haar eigen hart in haar oren overstemde de muziek van het strijkkwartet. 'Ik weet het niet—'

Bij de rand van het parket draaide hij zich om en trok haar met één vloeiende beweging van zijn gespierde arm tegen zich aan. Ze merkte dat ze tegen zijn borst gedrukt stond, zijn handen op haar taille, zijn voeten haar leidend alsof ze al jaren samen dansten. Van dichtbij zorgde zijn mannelijke geur ervoor dat het water haar in de mond liep.

Ze liet haar trillende vingers over de harde vlakken van zijn borstkas glijden om op zijn schouders. De toekijkende gasten in het restaurant deden er niet meer toe. Dit moment was precies zoals ze altijd had gedroomd dat haar eindexamenfeest zou zijn. Of haar huwelijksdans. Ze tilde haar gezicht op om hem aan te kijken. Een donker stoppeltje bedekte zijn scherpe kaaklijn, en de volle wimpers rond zijn ogen deden haar bijna denken dat hij wel make-up móést dragen. Hoe zou het zijn om slechts één nacht met zo'n man te hebben? Zelfs maar één kus?

Hij glimlachte naar haar. 'Je ziet er prachtig uit als je bloost.'

De hitte die over haar gezicht was getrokken tijdens de wandeling naar de dansvloer werd nog heviger door zijn woorden. Maar ze liet niet los. Ze had nog geen druppel gedronken en toch was het er: dat duizelige, lichte gevoel alsof ze van haar voeten werd geveegd. 'Dansen mensen met elkaar bij zakendiners?'

Zijn lippen beroerden haar oor en zijn lage stem drong rechtstreeks door tot haar diepste wezen, waardoor haar knieën knikten. 'Als ze dat niet doen, dan zouden ze dat wel moeten doen, vind je niet?'

Hij klemde haar stevig tegen zich aan en draaide een kleine cirkel, waardoor ze nog meer begon te tollen. Haar lichaam trilde van verlangen, van haar kruin tot haar tenen. Ze klampte zich aan hem vast terwijl hij in een gestaag ritme overging dat haar deed denken aan andere ritmes die ze nog nooit had ervaren. O god, was dat zijn erectie die ze tegen zich aan voelde drukken? De hitte ervan dreigde haar kleren rechtstreeks van haar lijf te branden.

Ze sloot haar ogen en draaide haar gezicht naar hem toe. De aanraking van zijn stoppels tegen haar wang was even opwindend als de autorit. Ze was nog nooit zo dicht bij een man geweest. Waarschijnlijk zou het ook nooit meer gebeuren. Een zacht stemmetje in haar drong aan. Eén kus, gewoon om het te proberen. Ze waren op een openbare plek, dus wat kon er misgaan? Zijn adem streek langs haar heen en wakkerde haar passie verder aan.

Toen ontmoetten zijn lippen de hare in een overweldigende flits van licht.

HOOFDSTUK 5

Ophir had de bedoeling gehad dat de kus kort zou zijn, bijna kuis. Een test van haar verlangen. In plaats daarvan merkte hij dat hij haar lippen verslond, terwijl elk atoom van zijn wezen ernaar streefde zich met het hare te verenigen, terwijl zijn tong haar mond verkende. Zijn hartslag versnelde toen ze kreunde, zacht en trillend, en in zijn armen smolt, alsof zij ook de behoefte voelde hun zielen te vervlechten. Hij beantwoordde haar groeiende passie. Het was onmogelijk om dat niet te doen. Een langzame gloed verspreidde zich door hem naarmate ze langer kusten, nog steeds wiegend op het ritme van het strijkkwartet, en hij voedde het vuur met elke rollende stoot van zijn tong. Hij had zich nog nooit zo hongerig gevoeld. Zo gek van lust.

Verlangen haakte zich vast in elke vezel van zijn wezen met een bedwelmende kracht, alsof hij aanspraak had gemaakt op haar menselijke ziel.

Toch stond ze hier, springlevend, haar weelderige lichaam tegen het zijne gedrukt, haar tepels hard tegen zijn borst. Haar vingers groeven zich in zijn schouders en trokken hem dichterbij, alsof ze bang was dat hij zou verdwijnen.

Hij was niet van plan om te verdwijnen.

Terwijl hij zijn heupen kantelde, drukte hij zijn keiharde lul tegen de zachtheid van haar buik. Een rilling trok door haar heen en hij greep haar heupen stevig vast. Haar passie was meer dan een drug. Het was als magie. Hij snakte naar meer.

Ze trok zich, naar adem snakkend, terug en verbrak het contact van hun lippen. 'Ik denk niet dat dit een goed idee is.'

Hij leunde dichterbij en streek met zijn lippen langs haar wang. 'Je smaakt naar magie, Tanika. Ik wil meer.'

Ze slaakte een naar anijs geurende zucht tegen zijn nek en draaide haar gezicht weg, waardoor haar hals vrijkwam. 'We kunnen niet altijd krijgen wat we wensen.'

In plaats van het als een afwijzing op te vatten, zag hij het als een uitnodiging en boog hij zijn hoofd naar de holte van haar hals, waarbij hij met zijn neus over haar satijnzachte huid streek. Hij opende zijn lippen een beetje en haalde diep adem, waarbij hij haar feromonen proefde, samen met de magie. Bij de eeuwige vlammen, hij wilde haar. Hij wilde zijn energie in haar laten vloeien. Zien wat er zou voortkomen uit een vereniging met deze sterveling. Het verlangen schokte hem.

Hij trok zich terug om haar in de ogen te kijken. Zelfs Emelda had met haar haremtraining niet zo'n oerdrift in hem aangewakkerd, zo'n verlangen om één te worden. Tanika was een intrigerende mix van onschuld en wereldsheid die hij nog nooit eerder was tegengekomen. En de zoete anijsgeur van haar huid sprak van meer dan alleen sterfelijk bloed. Ja, natuurlijk. Dat was de oorzaak van zijn heftige reactie. Na zo lang weg te zijn geweest van zijn eigen soort, prikkelde de magie die door haar bloed stroomde zijn instincten. Zijn lul klopte pijnlijk en zijn ballen voelden zwaar als ijzer, terwijl hij eraan dacht haar op te eisen. Portaal of niet, hij had deze vrouw nodig.

Hij gleed met een hand over haar rug om haar nek vast te houden. 'Soms veranderen wensen.'

Haar wenkbrauwen fronsten. 'De mijne niet.'

'Vertel me wat je wenst.'

'Het doet er niet toe. Vooral niet voor een man als jij.'

Een man als ik. Hoe zag ze hem precies? Terwijl hij zijn ogen vernauwde, sprak hij een verhullende spreuk over hen uit en trok haar van de dansvloer weg in de richting van de keukens. Obers gingen uit de weg zonder het zelfs maar te beseffen en al snel had hij haar voorbij de koks en afwassers naar een smalle gang geleid die naar een klein, schemerig kantoortje van de manager leidde.

Ze had hem tot dat moment verdwaasd gevolgd. Bij de deur van het kantoor hield ze in. 'Ik ga daar niet met je naar binnen.'

'Waarom niet?'

'Ik ken je nauwelijks. En ik ben niet het type meisje dat het in steegjes doet met vreemde mannen. We moeten teruggaan naar de tafel en praten over de salon.' Ze probeerde onder zijn arm door te glippen en terug te vluchten naar de drukke keuken, maar hij plaatste zijn handpalm tegen de muur om haar de weg te versperren. De gedachte om het met haar in een steegje te doen—het overal met haar te doen—wakkerde de vlammen van zijn verlangen aan tot nieuwe hoogten.

'Dit is geen steegje,' fluisterde hij in haar oor, terwijl haar geur hem het water in de mond deed lopen. Hij was dichtbij genoeg om haar huid te proeven. Hij hield zich in. 'En we zijn nog niet klaar. Nog niet. Je moet mijn vraag beantwoorden.'

'Welke vraag?'

'Over het vervullen van je wens.'

Ze draaide zich recht naar hem toe en zette haar handen in haar zij. 'Alsof ik die openingszin niet eerder heb gehoord.'

Hij grijnsde en voelde zich heel menselijk. Kwetsbaar zelfs. Om de een of andere reden voelde het goed. 'Werkte het?'

Terwijl ze op haar tenen ging staan, drukte ze haar mond tegen zijn oor. 'Nee.' Ze zakte weer terug naar haar normale lengte. 'Ons eten wordt waarschijnlijk koud.'

In plaats van opzij te gaan, greep hij haar heupen vast en duwde haar tegen de muur. Zijn mond smoorde haar kreet toen hij zijn tong tussen haar lippen duwde en haar kuste met diepe, rollende stoten. Zijn handen vormden zich naar haar taille, maar hij hield een klein beetje afstand tussen hun lichamen, om haar te laten weten dat hij zich zou terugtrekken als ze tegenstribbelde.

Dat deed ze niet.

Tot zijn genoegen werd ze meegaand en leunde ze tegen hem aan. Ze verstrengelde haar vingers in de krullen in zijn nek en beantwoordde zijn onderzoekende kussen. Haar essentie vervulde hem en versmolt met zijn magie. Hij zette zijn voeten verder uit elkaar om steviger te staan en duwde een dij tussen haar benen, waardoor hij haar nog steviger tegen de muur drukte. Ze kantelde haar heupen tegen hem aan en de hitte die tussen haar benen vandaan kwam, dreigde door zijn broekspijp heen te branden.

Terwijl hun tongen dansten en rolden, werd de drang om haar te hebben sterker. Haar zachte kreuntjes van genot werkten als drijfzand—zich verzetten of worstelen zou hem alleen maar sneller doen zinken. Elke centimeter van zijn huid tintelde van verlangen om haar naakt tegen zich aan te voelen.

Hij duwde de zoom van haar boerenblouse omhoog en streek met zijn handpalm over de satijnzachte huid eronder. *Meer.* Hij had meer nodig. Terwijl zijn hand naar haar onderrug gleed, dook hij in de tailleband van haar legging om haar billen over haar katoenen slipje heen vast te pakken. Hij tilde haar tegen zich aan en kneedde haar vlees.

Ze snakte naar adem en haar benen gingen omhoog om zich om zijn middel te haken, haar enkels gekruist bij zijn onderrug. Verdomme, ze was sexy.

Hij tilde haar van de muur en droeg haar het kantoor in, terwijl hij de deur achter hen dichtschoop. Dankzij zijn spreuk zou niemand hen storen. In zijn achterhoofd wist hij dat hij een fout maakte. De vrouw kuste hem alsof ze uitgehongerd was. Alsof ze zelf een djinn was die op het punt stond zijn ziel te verteren. De onbekende kanten van haar aard deden hem huiveren. En toch was Tanika de eerste vrouw die hij ontmoette die zijn elementaire aard aanwakkerde. Het was meer dan alleen seks; ze wekte de pure, rauwe instincten op die een djinn aanzetten tot paren.

Paren? Het idee beangstigde hem evenzeer als het hem aantrok. Een djinn koos niet zomaar een partner. Seks was simpelweg een ontlading. Paren was een verbintenis, even gevaarlijk onverbreekbaar als de magie om wensen te vervullen. En zij zou in een oogwenk uitdoven.

Denk niet aan paren. Je moet haar gewoon krijgen om haar uit je systeem te krijgen. Daarna kun je weer verder.

Hij droeg haar naar een leren bank tegen een muur, omdat hij van haar wilde genieten. Om haar dezelfde intensiteit van verlangen te laten voelen die nu door zijn bloedbaan gierde. Hij liet haar op de kussens zakken zonder de kus te verbreken en klemde een hand in de krullen achter haar hoofd om haar val te breken. Hij vlijde zich tegen haar aan en kuste haar diep, almaar door, totdat haar benen uiteengingen en ze haar vrije been achter zijn knie haakte. Zijn heupen rustten tegen de hare, zijn kloppende lul hard tegen haar schoot gedrukt. Ze jammerde zachtjes en haar handen klauwden in hem, terwijl ze hem dichterbij trok in de kus en haar heupen tegen hem omhoog kantelde.

Hij verbrak de kus en volgde met zijn mond haar kaaklijn om aan haar oor te knabbelen. Een rilling trok door haar lichaam bij de gevoelige aanraking. Hij liet een hand over haar legging glijden om de binnenkant van haar dij te strelen, van knie tot kruis, waarbij zijn duim een rechte lijn trok naar het middelpunt van zijn verlangen.

'Wat ben je aan het doen?' Ze hield zijn overhemd steviger vast en balde de stof in haar vuisten, maar ze duwde hem niet weg.

'Je aanraken.'

Hij wachtte een moment om haar de kans te geven hem af te wijzen en schoof toen zijn hand hoger, waarbij hij haar door de stof bedekte schoot vastpakte. Hitte en vochtigheid begroetten hem.

Hij kreunde. Het instinct om haar kleren van haar lijf te scheuren en diep bij haar naar binnen te dringen, greep hem aan. Ze zou perfect om hem heen passen, dat voelde hij. Zijn lul trok samen en leidde een eigen leven, en voorvocht maakte zijn boxershort nat. Hoe gemakkelijk zou het zijn om zichzelf in haar te verliezen. Hij moest haar bezitten en niets zou hem tegenhouden.

Terwijl hij op een elleboog steunde, keek hij op haar neer. Het zou te gemakkelijk zijn om te snel te gaan, om te nemen zonder acht te slaan op haar behoeften en hij wilde dat zij hem net zo hard nodig had als hij haar. Haar halfgesloten blik was dromerig op hem gericht, haar mooie mond gezwollen door zijn kussen. 'Je vindt het fijn om aangeraakt te worden, nietwaar?'

Ze slikte hard, maar antwoordde niet. En hij had het zo nodig om haar stem te horen.

'Geef me antwoord.'

'Ja,' fluisterde ze, terwijl ze haar ogen sloot.

Hij gleed met zijn hand naar haar tailleband en liet zijn vingers opnieuw onder de stof glijden. Terwijl hij zijn vingers onder de rand van haar slipje schoof, woelde hij door de zachte haartjes op haar heuvel. Ze hapte naar adem.

Bij de eeuwige vlammen, hij wilde naar binnen. Haar hitte om zich heen voelen. De opgewonden maar aarzelende manier waarop haar handen zijn overhemd vastgrepen terwijl haar buik trilde, deed hem afvragen hoe ervaren ze eigenlijk was. Aan de manier waarop ze gekust had, zou hij gezegd hebben dat ze geen groentje was. Misschien had hij het mis?

Hij liet zijn vingers dieper glijden en spreidde haar open. Ze slaakte een kreet en haar billen spanden zich aan als reactie op zijn aanraking.

'Je bent nat, Tanika.' Met zijn middelvinger streelde hij de gezwollen knop van haar clitoris, terwijl hij met zijn andere twee vingers haar buitenste schaamlippen masseerde. 'Zo nat. Dat vind ik fijn.'

'Ik zou niet...' Ze kneep haar billen steviger samen en krulde zich naar zijn aanraking toe. 'O God. We zouden dit niet moeten doen.'

Hij bewoog zijn vinger door haar plooien en verkende haar opening. 'Moet ik stoppen?'

'Ik zou ja moeten zeggen.' Ze keek hem aan; haar irissen waren open vensters naar haar lust. Haar bovenlip was tussen haar tanden geklemd terwijl ze hijgde, wat getuigde van haar innerlijke strijd.

'Ik zal niets doen wat je niet wilt.' Maar hij gaf haar geen kans om zich te bedenken. Hij trok haar broek naar beneden over haar heupen, waardoor haar goudbruine huid zichtbaar werd. 'Ik wil je alleen maar genot schenken.'

'We kennen elkaar nauwelijks.'

Op dit moment was hij bereid zijn ziel aan haar bloot te leggen. Zijn ware aard te onthullen. Haar elke wens te vervullen. Hij boog zijn hoofd om haar blootgestelde heupbot te kussen. 'Dat komt wel. Dat beloof ik je.'

Ze hijgde en haar buik trilde onder zijn wang. 'We zijn op een openbare plek.'

'Daarom zijn we hierheen gekomen.' Hij liet zijn tong over haar huid gaan en gleed met zijn vingers langs haar gladde plooien.

'Heb je dit gepland?' hijgde ze.

'Niet precies.' Terwijl hij haar opening plaagde, liet hij één vinger in haar strakke, natte hitte glijden.

Ze slaakte een trillende kreet en haar fluweelzachte kern trok zich om hem heen samen. 'O God, dat is lekker.'

Hij drukte een tweede vinger tegen haar opening en stuitte op fysieke weerstand. *Is ze maagd?* Hij verloor bijna zijn ritme. De ontdekking schokte hem en riep een beschermend gevoel in hem op dat hij in eeuwen niet had gevoeld. Een behoefte om haar te koesteren en te verzorgen. Om haar te eren. Sinds Emelda had hij dit soort gevoelens tot elke prijs vermeden. Maar nu dacht hij niet dat dat nog mogelijk was. Tanika was... speciaal.

Terwijl hij slechts één vinger bleef gebruiken, streelde hij voorzichtig haar trillende binnenste en masseerde hij haar clitoris met zijn duim. Deze vrouw werd steeds intrigerender. Steeds meer de *mijne*. 'Ik ga je laten klaarkomen tot je nergens anders meer aan kunt denken.'

Ze slaakte een hees gekreun en hij grijnsde, terwijl hij zijn gezicht tussen haar benen bracht en zijn mond om haar clitoris klemde terwijl zijn vinger bleef strelen. Haar smaak overspoelde hem: zoet, ziltig en doortrokken van magie. Hij stootte zo diep in haar als haar strakheid toeliet, en paste de snelheid en de hoek van zijn penetratie aan haar trillende verlangen aan.

Toen hij dacht dat ze er klaar voor was, bracht hij meesterlijk nog een vinger bij haar naar binnen, haar oprekkend tot ze verstijfde. Daarna klemde hij zijn tong om haar clitoris tot ze tegen hem oprees voor meer. Keer op keer opende hij haar, tot beide vingers in en uit haar pompten. Haar opwinding maakte zijn hand nat, en haar versnelde ademhaling drukte haar puntige tepels tegen de dunne stof van haar blouse. Hij stootte en likte tot haar benen trilden.

'Ophir, alsjeblieft.' Ze bewoog haar heupen tegen zijn hand, haar woorden vol wanhoop en behoefte.

Hij schoof zijn vrije hand onder haar billen, tilde haar naar zich toe en begroef zijn gezicht in haar korte, natte krullen. De vingers die in haar pompten, kromden zich om haar G-plek te bereiken, die hij tot nu toe had vermeden omdat hij haar zo hoog mogelijk wilde brengen voordat hij haar over het randje hielp.

Deze vrouw was van hem. Elk atoom van haar, van binnen en van buiten, behoorde hem toe. Toen de lichte verandering in de spieren van haar kern hem vertelde dat het tijd was, klemde hij zijn mond over haar clitoris en zoog eraan.

Haar lichaam schokte en haar vagina trok zich met pijnlijke extase om zijn vingers samen. Ze riep zijn naam terwijl hij haar ontlading proefde.

Nadat ze slap op de kussens was gezakt, kroop hij omhoog en kuste haar diep op de mond. Ze zuchtte en liet haar vingertoppen langs zijn ribbenkast glijden om op zijn onderrug te rusten en hem dichterbij te trekken.

Zo'n simpele beweging. En toch verbond het hem even volledig als een portaal ooit zou kunnen. Een klein stemmetje in zijn achterhoofd schreeuwde dat hij moest vluchten, zelfs toen een gevoel van juistheid over hem neerdaalde, alsof hij eindelijk was thuisgekomen. Hij wilde zich om haar heen krullen en haar voor eeuwig vasthouden.

Hij worstelde met herinneringen aan de afgelopen achthonderd jaar, aan alle stervelingen die hij had zien komen en gaan. Hoe lang ze ook op aarde rondliepen, mensen gingen uiteindelijk heen. Ze konden gewond raken. Ziek worden. Oud worden en sterven. Het ene moment konden ze levend en gezond zijn. Het volgende moment waren ze weg.

En de kans was verdomd groot dat hij net verslaafd was geraakt aan deze sterveling.

HOOFDSTUK 6

Tanika voelde zich zo slap als een kwal, haar ogen zwaar van de slaap. Ze zou eraan hebben toegegeven als het gewicht van de man die boven op haar lag er niet was geweest. Zijn adem verwarmde de ronding van haar nek terwijl zijn vingertoppen door haar bloes de rand van haar borst streelden. Haar lichaam was te moe om te reageren. Of te protesteren. Als hij haar op dat moment had willen nemen, zou ze geen bezwaar hebben gemaakt.

'Waarom heb je me niet verteld dat je maagd bent?' Ophirs stem bromde vlak bij haar oor.

Ze verstijfde terwijl de realiteit hard binnenkwam en haar de adem benam. *Waar ben ik mee bezig?* Ze duwde tegen zijn borst. 'Ga van me af.'

Hij tilde zichzelf van haar af en ging op zijn knieën zitten. Ze maakte zich los en rolde van de bank, kroop een paar meter weg, voordat ze opstond. Haar benen voelden als elastiekjes. *Dit is maar iets eenmaligs. Hier kan niets uit voortkomen.* Maar haar hart deed pijn door de enorme impact van wat er zojuist was gebeurd. Ze was niet het type meisje dat een verhitte vrijpartij als een vrijetijdsbesteding kon zien. Dat was de reden waarom ze dit soort verbintenissen zo lang had vermeden. Nu al voelde ze de hartverscheurende beklemming in haar borst bij de gedachte dat deze man—deze prachtige, attente, ontzettend sexy man—nooit deel van haar leven zou kunnen uitmaken.

Terwijl ze de vloer afzocht naar haar legging, zag ze die op de rugleuning van de bank achter Ophir liggen. In plaats van te riskeren weer dicht bij hem te komen, stak ze een hand uit. 'Geef me mijn kleren aan, alsjeblieft.'

Zonder zijn blik van haar af te wenden, reikte hij achter zich en pakte de kledingstukken. 'Waarom ben je bang?'

Ze slikte, haar hart bonsde tegen haar ribbenkast. Haar spieren deden pijn alsof ze net een marathon had gelopen, en een verrassend heerlijk brandend gevoel tussen haar benen herinnerde haar aan de hoogten die ze zojuist had bereikt. Terwijl ze haar broek aanpakte, keek ze hem aan. De aantrekkingskracht tussen hen trok haar naar hem toe alsof alleen hij de diepe siddering in haar binnenste kon stillen. Een verlangen naar passie, affectie en partnerschap. Door hem wilde ze de waarheid vertellen. Ze wendde haar blik abrupt af en stapte in haar slipje. 'Je zou me nooit geloven.'

Hij draaide zich naar haar toe en nestelde zich op de bank alsof hij op het punt stond een voetbalwedstrijd te kijken. Behalve dat het enige amusement bestond uit haar gestuntel om weer in haar kleren te komen. Hij zei: 'Probeer het eens.'

Haar maag kromp ineen. In de salon had hij gezegd dat hij in magie geloofde. Dat was de aanleiding voor dit alles geweest. Kon ze hem in vertrouwen nemen? Zou het haar kans om de salon te redden verpesten? Of erger nog, hem wegjagen? Deze man had er zojuist voor gekozen om haar plezier te geven terwijl hij zelf niets nam. De gedachte hem nooit meer te zien deed pijn. Terwijl ze de tailleband over haar heupen trok, haalde ze diep adem en keek hem aan. 'Meende je het echt toen je zei dat je in magie gelooft?'

'Jazeker.'

'En is dat de reden waarom je in de salon wilt investeren?'

'Ja.'

Ze wees met een vinger heen en weer tussen hen beiden. 'Dit mag niet nog eens gebeuren.'

'Dat kan ik niet beloven.' De hongerige glinstering in zijn ogen zorgde ervoor dat ze haar eigen lust en verlangen wegslikte.

'Er komt alleen maar ellende van. Geloof me.'

'Hoe weet je dat?'

Ze klemde haar kaken op elkaar. 'Omdat ik het weet.'

'Overtuig me.'

Terwijl ze hem daar boos aanstaarde, twijfelde ze. De behoefte om zichzelf te rechtvaardigen was nog nooit zo sterk geweest. *Als ik het hem vertel, wat is dan het ergste dat er kan gebeuren?* Hij zou denken dat ze gek was en voorgoed wegrennen. Wat waarschijnlijk maar goed ook zou zijn, zelfs als dat betekende dat ze zijn zakelijke steun zou verliezen. Zich er nog steeds van bewust dat ze zich op een openbare plek bevonden, maar met de behoefte om dit gesprek voor eens en altijd af te ronden, liep ze om het bureau heen. Ze had iets fysieks tussen hen nodig om door te kunnen gaan. Ze had nog nooit met iemand over haar wens gesproken. Ze wist niet zeker waarom ze dat nu wel wilde. Maar Ophir leek oprechter geïnteresseerd dan wie dan ook die ze ooit had ontmoet. Ze staarde naar de stapels bonnetjes op het bureau, maar zag ze slechts half. 'Mijn moeder en grootmoeder stierven toen ik acht was.' Ze draaide haar vingers stevig in elkaar, in een poging de gruwel die in haar dromen spookte onder controle te houden. 'Ze hebben hun leven voor mij gegeven.'

Ze keek op en zijn intense blik dreigde een gat in haar te branden. Hij vroeg: 'Is dat hun foto in de salon?'

Ze knikte met een stijve nek. 'Het is een van de weinige dingen die de explosie hebben overleefd. Behalve ik. Ik overleefde het zonder een schrammetje.' Haar huid tintelde door de herinnerde hitte en haar bloes plakte onaangenaam aan haar lichaam. 'Het officiële rapport zei dat de propaantank van onze camper lekte. Maar...' Ze keek hem aan door haar wimpers, zich schrap zettend voor het ongeloof en de spot die ze als kind over zich heen had gekregen. 'De echte oorzaak van de explosie was onze demon.'

Hij kneep zijn ogen samen. 'Demon.'

Het was geen vraag. Het was een vaststelling. Wat dacht hij? Was hij bang? Dacht hij dat ze knettergek was? Haar polsslag denderde in haar oren. 'Ik weet dat ik gek klink, maar hij is echt. En je hoeft je geen zorgen te maken. Hij is niet gevaarlijk. Nu niet meer.'

De demon had haar in haar vroege jaren getreiterd en haar gezegd dat ze snel volwassen moest worden, zodat hij verlost zou zijn van de verplichting die hem aan haar bond. Blijkbaar had hij niet beseft dat haar onvervulde wens zijn grotere krachten zou blokkeren. Dat hij niet vrij zou zijn om meer mensen te oogsten totdat haar wens was vervuld en ze gesetteld was met een liefdevolle echtgenoot en een gezin. Tegen haar achttiende verjaardag, wanneer de wens ingewilligd kon worden, had ze besloten hem te weigeren.

Ophir vroeg: 'Is hij... nog steeds bij je?'

Haar hand ging automatisch naar haar borst, waar de hanger jarenlang had gehangen tot ze de dempende kracht van de kluis had ontdekt. Ophirs blik volgde haar beweging en keek haar daarna weer in de ogen. Ze beet op haar lip, ongemakkelijk onder zijn bestudering. 'Hij is beperkt tot kleine magie totdat hij mijn wens vervult.' Ze probeerde de sfeer wat te verlichten. 'Ik noem hem een klopgeest, maar daar heeft hij een hekel aan.'

'Dat geloof ik graag. Hij vindt het waarschijnlijk ook niet leuk om een demon genoemd te worden.' Was dat een lichte geamuseerdheid in zijn ogen? Hij leunde weer ontspannen achterover op de bank. 'Dus even voor de goede orde: je hebt een wens gedaan en je gelooft dat je moeder en grootmoeder daarvoor hebben betaald?'

'Ik had de wens al gedaan toen mijn moeder me vond en een wens kan niet ongedaan worden gemaakt. Maar er kan wel opnieuw over onderhandeld worden, dus zij en oma ruilden hun twee zielen voor de mijne. Ik heb ze de deal zien sluiten.'

'Dat spijt me.' Zijn wenkbrauwen trokken samen in wat oprechte spijt leek. 'Wat was je wens?'

Ze slikte en vroeg zich af hoe hij dit allemaal zo kalm opnam, maar aan de andere kant was ze blij dat hij het vertellen niet nog moeilijker maakte. Vooral nu ze op het punt van deze bekentenis waren gekomen—de reden waarom ze niet bij hem kon zijn. Zichzelf niet kon toestaan voor hem te vallen, zelfs niet een klein beetje. 'Om een liefdevolle echtgenoot en een gezin te hebben en nog lang en gelukkig te leven.'

Hij trok een wenkbrauw op. 'Ah, een uitgestelde wens. Dat is logischer. Je wilt de wens niet meer?'

Tranen brandden achter haar ogen en ze klemde haar kaken op elkaar; het verlangen in haar was sterker dan ze ooit had ervaren. 'Ik verdien het niet. Het is mijn verantwoordelijkheid om ervoor te zorgen dat hij nooit meer een mens pijn doet. Als ik hem de wens laat vervullen, is hij vrij. Als ik voor die tijd sterf, sterft hij met mij.' Ze knarsetandde terwijl een machteloze woede in haar opwelde. 'Ik zal dat kwaadaardige wezen vernietigen, al is het het laatste wat ik doe.'

'Ik begrijp het.' Hij stond plotseling op, zijn blik was onmogelijk te peilen. 'We kunnen maar beter teruggaan naar onze tafel. Ik weet niet hoe het met jou zit, maar ik verga van de honger. En we hebben nog een zakelijke deal af te ronden.'

Haar hartslag deed pijn in haar borst. Had hij geen vragen meer? Ze wist niet wat ze had verwacht, maar complete acceptatie van haar situatie—onverschilligheid zelfs—was het niet. Ze had hem verteld dat ze een demon had, om hemelsnaam!

Hij wachtte bij de deur en escorteerde haar vervolgens uit het kantoor, met een hand op haar onderrug op een vertrouwde manier. Tintelingen liepen over haar ruggengraat door de aanraking, maar hij leek zich niet bewust van zijn effect op haar. Het keukenpersoneel ging gewoon door met hun werk, onwetend van hun aanwezigheid, en ze vroeg zich af of hij ze allemaal had omgekocht. Had hij dit hele gedoe gepland? Maar als dat waar was, waarom had hij dan niet volledig misbruik van haar gemaakt? Ze wankelde de eetzaal weer in, meer in de war en verscheurd dan ze was geweest tijdens zijn versierpoging.

Misschien was hij echt *alleen* maar geïnteresseerd in de magie? Haar verleiden was slechts een tijdverdrijf tussendoor. *Of hij stopte omdat hij erachter kwam dat je maagd bent.* Dat was logischer. Ze had geen ervaring of vaardigheden op dat gebied. Natuurlijk zou hij zijn interesse in haar verliezen.

Ze hield zichzelf voor dat het oké was zolang hij nog steeds in de salon wilde investeren, waar het wel op leek. Hij had immers gezegd dat ze een deal af te ronden hadden. Als hij de salon kon redden, kon ze haar hart verharden en vergeten wat er was gebeurd. *Of het voor altijd koesteren.* De enige echte date die ze ooit zou hebben. Ze kon er maar beter het beste van maken. Ze wenkte de serveerster en zei: 'Ik zou graag de menukaart nog eens willen inzien, alstublieft.'

Reken maar dat ze het duurste gerecht zou bestellen dat erop stond.

Ophir walsde zijn wijn en bestudeerde Tanika over de rand van het glas; er woedden zo veel gedachten in hem dat hij niet wist waar hij moest beginnen. Ze had haar djinn een demon genoemd. Een wezen. En ze wilde hem dood hebben, zelfs ten koste van haar eigen diepste wens. Dat was op zich al krachtige magie. Een onvervulde wens verklaarde zo veel: de magie die in haar cellen was ingebed, de reden waarom hij haar niet kon lezen zoals hij andere mensen kon lezen. De aantrekkingskracht trok harder aan hem dan welk portaal dan ook ooit had gedaan. Harder dan zelfs een andere djinn het recht had om te doen. De aantrekkingskracht die alleen een partner kon uitoefenen.

Een partner die djinns wilde doden.

Hij werd duizelig van de herinneringen aan Emelda, die djinnbloed in zich had gedragen, hoewel ze zich daar niet van bewust was geweest. In de overtuiging dat ze een waardige partner zou kunnen zijn, had hij haar het hof gemaakt, haar verleid en uiteindelijk zijn ware aard aan haar onthuld. Ze was een vrome moslima en had zijn geheim opgebiecht aan de imam, die als reactie een opstand tegen Ophirs meester ontketende. De verontwaardiging was explosief, want de meester was in het hele koninkrijk ongeliefd. Diep onder de invloed van de papaver sliep de meester terwijl de opstandelingen zijn vertrekken in brand staken. Zijn ringportaal smolt en zijn botten verkoolden tot as. Ophir kon alleen maar midden in de vlammen staan en toekijken, niet in staat om in actie te komen zonder de bevelen van zijn meester. Hij had zijn ogen gesloten tegen de vulkanische intensiteit die vrijkwam bij de vernietiging van het portaal. Hij huiverde terwijl het vuur door het paleis raasde. En hij liep weg terwijl de vlammen zich als een tsunami over de rest van de stad verspreidden.

Niemand in het paleis overleefde het.

Hij knipperde de herinnering weg toen de serveerster zijn halflege kom kreeftensoep weghaalde en een bord met waaiervormig neergelegde enorme garnalen voor hem neerzette. Houden van een sterveling was waanzin. Hij kon net zo goed verliefd worden op een van deze schaaldieren. Maar het lot leek vastbesloten hem vooruit te drijven. Tanika was onweerstaanbaar.

Ze had prime rib besteld met gefermenteerde knoflookcrème. Hij vond het amusant dat ze besloten had haar eigen maaltijd te bestellen na hun intimiteit. Alsof ook zij weerstand wilde bieden aan de buitengewone connectie tussen hen. Ze likte haar lippen en keek naar zijn bord alsof ze spijt had van haar keuze voor het hoofdgerecht.

'Zou je er een willen proberen?' vroeg hij, terwijl hij een malse garnaal aan zijn vork prikte en deze naar haar uitstak.

'O, ik wil je avondeten niet afpakken.'

'Alsjeblieft.' Hij hield de vork over de intieme tafel heen naar haar mond.

Ze aarzelde slechts een moment, haar blik de zijne niet loslatend, en leunde toen naar voren om het aan te nemen. Er zat te veel op de vork voor één hap, en toen hij hem naar haar toe bleef houden, grijnsde ze verrukt en maakte de lekkernij op. 'Dank je. Dat was geweldig.'

'Ik heb niet gezegd dat het gratis was.' Hij trok een wenkbrauw naar haar op.

Ze keek hem verstijfd en met grote ogen aan, als een hert in de koplampen.

Verdomme, haar onschuld was sexy. Hij wees met zijn vork naar haar bord. 'Ik wil een stukje van je prime rib proeven.'

'O!' Ze lachte zenuwachtig en schoof haar bord naar hem toe. 'O, natuurlijk. Dat is logisch.'

Hij keek naar het bord en toen weer naar haar. Glimlachend op een manier waaraan hij wist dat vrouwen geen weerstand konden bieden, opende hij verwachtingsvol zijn mond. Haar het hof maken mocht dan dwaas zijn, hij kon het niet laten. Ze was zo lieflijk daar tegenover hem, verfrissend in zo veel opzichten. Zijn eerlijke vrouw van het reizigersvolk. Hij had geen bovennatuurlijk gehoor, maar hij zwoer dat hij haar hart kon horen jagen als dat van een muis. Haar ongemakkelijk maken was een heerlijk spel.

'O!' Haastig sneed ze een plakje prime rib af en tilde het op met haar vork, haar hand trillend.

'Je bent schattig als je zenuwachtig bent.' Hij liet haar de te grote hap tussen zijn lippen duwen. Het rundvlees was erg lekker, mals en smaakvol, en gekruid met een vleugje citroen.

'Is *dit* normaal voor een zakendiner?' Ze staarde naar haar vork alsof het een vreemd voorwerp was.

Terwijl hij nog kauwde, schudde hij langzaam zijn hoofd, zijn ogen de hare niet loslatend. Ze had het antwoord natuurlijk al geweten voordat ze de vraag stelde. Stervelingen konden het niet laten het spel te spelen.

Een reeks emoties trok over haar gezicht, alsof ze niet goed wist welke ze moest kiezen. Met gefronste wenkbrauwen en bleke lippen schraapte ze haar keel. 'Luister, ik weet dat we een beetje verkeerd zijn begonnen. Maar zoals ik je al zei, wat daarachter gebeurde,' ze wierp een snelle blik richting de keukens, 'mag nooit meer gebeuren. Ik kan geen relatie aangaan. Ik wil het over de salon hebben. Zaken.'

Dus ze waren weer op dit punt beland. Zaken in plaats van plezier. Ze was een koppige, dat was zeker. Haar rotsvaste weigering om haar wens te vervullen moest haar djinn tot waanzin drijven. Hij besefte dat hij jaloers was op deze onbekende djinn die dag en nacht toegang tot haar had. 'Oké, dan. Ik wil dat je mijn persoonlijke paragnost wordt. Vierentwintig uur per dag oproepbaar.'

Haar wenkbrauwen trokken nog dichter bij elkaar. 'Maar ik kon je niet eens lezen.'

'Precies.' Hij nam een hap van een garnaal en kauwde langzaam. 'Dus als je wel iets ziet, weet ik dat het echt is. Dat is me veel waard.'

Tanika kneep haar ogen samen. 'Ik geloof je niet.'

Deze vrouw mocht dan onschuldig zijn als het op mannen aankwam, maar ze had duidelijk veel ervaring met de streken en dubbelzinnigheden van haar djinn. Hij pakte een asperge. Geen vertrouwen op een vertrouwensspreuk. Haar niet betoveren met een verleidelijke blik. Misschien zou de waarheid hem nu het beste dienen. Toch had de waarheid hem

Emelda gekost, en hij wilde die opeenvolging van verschrikkingen niet herhalen. Een gedeeltelijke waarheid dan. Hij legde de asperge neer en veegde zijn mond af met zijn servet voordat hij verderging. 'Wat als ik je vertelde dat ik je van je djinn kan verlossen?'

Hij had hierover nagedacht sinds ze de ongebruikte wens had onthuld. Alles bij djinns heeft een prijs, en Ophir had zich af en toe afgevraagd hoe hij een soortgenoot zou kunnen overtuigen hem doorgang te verlenen, aangezien hij weinig te bieden had. Tanika's wens bood een unieke kans. Nadat hij decennia gevangen had gezeten door een onvervulde wens, was haar djinn waarschijnlijk wanhopig om naar huis terug te keren. Genoeg om zijn aanspraak op het portaal op te geven als Ophir de schuld van de wens overnam. Tanika zou niet alleen van haar djinn af zijn, maar Ophir zou aan haar zijde kunnen blijven. Tenminste, voor de rest van haar korte, sterfelijke leven.

Tanika liet haar vork op haar bord kletteren. 'Ik wil niet dat hij vrij is. Ik wil hem dood.'

Het venijn in haar stem deed een rilling door zijn onsterfelijke bloed gaan. De dood van een djinn was iets zeldzaams. Heviger in zijn gevolgen dan de vernietiging van een portaal. Zelfs de machtshongerige djinns die jaagden op degenen die verzwakt waren na de voortplanting, waren voorzichtig in hun methoden. Wat zou ze denken als ze er ooit achter kwam dat Ophir een djinn was? Hij schraapte zijn keel en zwoer bij zichzelf dat hij dat niet zou laten gebeuren. 'Ik kan hem wegsturen. Mensen hoeven zich nooit meer zorgen over hem te maken.'

Ze keek hem met toegeknepen ogen aan. 'Hoe weet je er zoveel van? Hoe weet je zelfs dat hij een djinn is?'

Zijn adem stokte. Hij had zich versproken. Ze had hem nooit een djinn genoemd, alleen een demon of een wezen. 'Ik ben mijn hele leven al aangetrokken tot magie,' zei hij. 'Ik heb eeuwen aan obscure kennis bestudeerd. Zodra je zei dat er een wens bij betrokken was, wist ik het.'

Haar schouders ontspanden een fractie. 'Hij heeft misbruik gemaakt van een jong kind. Mijn familie vermoord. Hij houdt me in feite al bijna twee decennia gegijzeld. Ik wil dat hij lijdt.'

'Hij zal niet vrij zijn. Hij zal weer gevangenzitten in zijn eigen rijk. Geloof me, hij zal lijden.' De djinn leed al; zijn magie vloeide langzaam weg naarmate hij de wens langer openhield zonder deze te kunnen vervullen. Djinn-magie was gebonden aan wetten, ook al kon de aard van een djinn chaotisch zijn. Een overeenkomst kon verdraaid, geherinterpreteerd of zelfs opnieuw onderhandeld worden, maar nooit verbroken. Haar djinn zou als een verzwakt wezen naar huis terugkeren, vatbaar voor andere djinns.

Ze likte haar lippen, duidelijk nog steeds sceptisch. 'Zou je hem echt voorgoed van de aarde kunnen verbannen?'

'Ik kan niet beloven dat het voor altijd is, maar hij zal zwak zijn. Overgeleverd aan de genade van andere djinns, en geloof me, die zijn wreed. De kans dat hij een ander portaal bemachtigt, is klein.'

'En wat zou er met mijn wens gebeuren?'

Hij krabde achter zijn oor, onzeker hoe hij haar moest antwoorden. Hij was volledig van plan haar wens te vervullen. En toch voelde een deel van hem zich besmeurd omdat hij de wens zou gebruiken om zijn eigen verlangen naar haar te stillen. Ze was sterfelijk. Breekbaar. Eindig. Uiteindelijk zou híj degene zijn die zou lijden, achtergelaten wanneer zij zou overlijden. Djinn-magie kon haar geen onsterfelijkheid schenken. Een wens vereiste een ziel, en onsterfelijk worden was in strijd met de prijs. 'Wensen verdwijnen nooit. Of de jouwe uitkomt, zou aan jou liggen.'

Tanika staarde een moment langs hem heen, met een glazige blik alsof ze ergens over nadacht. Haar keel bewoog toen ze slikte. Toen stond ze zo snel op dat haar stoel achter haar op de vloer kletterde. 'Ik moet gaan. Nu.'

Ze draaide zich om en rende het restaurant uit.

Ophir stond direct op, in de war door haar plotselinge emotionele omslag. En toen zorgde een bekende geur van achter hem ervoor dat hij verstijfde. 'Ik vroeg me al af waarom mijn kleine mensje zo overstuur was.'

HOOFDSTUK 7

Ophir draaide zich om naar de stem. De geur van djinnmagie overviel hem, maar niet de zoete anijs die van Tanika afkwam. Dit was een bittere acetonstank, het soort dat afkomstig was van een uitgehongerde djinn. De man met ontbloot bovenlijf die midden in het restaurant stond, trok geen vreemde blikken; zijn magische vermomming dwong de obers om hem heen te lopen zonder dat ze beseften waarom. Hij gleed rechtstreeks op Ophir af en nam Tanika's plaats aan de kleine tafel in. Zijn gezicht was getekend door ouderdomsrimpels, een kenmerk dat zelden bij djinns werd gezien, maar toch bewoog hij zich met de soepele zelfverzekerdheid van iemand die geen angst had voor fysiek letsel.

Terwijl hij langzaam weer in zijn stoel ging zitten, keek Ophir zijn soortgenoot aan. Hun soort kwam elkaar hier op aarde zelden oog in oog tegen, en als het wel gebeurde, was dat vaak omdat oorlogvoerende meesters hen met elkaar in botsing brachten. Hij was in bijna duizend jaar niet in de aanwezigheid van een andere djinn geweest, en hij merkte tot zijn verbazing dat hij ontroerd raakte.

Zijn nieuwe tafelgenoot griste Tanika's wijnglas weg met een knoestige hand en sloeg de inhoud in één teug achterover. 'Ah, ik mis het om een meester te hebben die de fijnere dingen in het leven weet te waarderen.'

Ophir pakte zijn eigen wijn en nipte ervan, terwijl hij zijn gezicht neutraal geamuseerd hield, ondanks de bonzende hartslag in zijn slapen. 'Gegroet, verwante. Ik word Ophir genoemd.'

'Elim.' De djinn zwaaide met een hand over zijn blote borst en toverde een ouderwets colbert en een plastron tevoorschijn, waarna hij de serveerster wenkte voor meer wijn. 'Je moet me vergeven, Ophir.' De djinn sneed in Tanika's entrecote. 'Ik heb hier maar heel beperkt de tijd en ben zelden in de buurt van de geneugten van zo'n voortreffelijke keuken.'

Ophir vroeg zich af hoe deze djinn hier precies terecht was gekomen, aangezien hij tijdens hun intieme ontmoeting geen portaal bij Tanika had waargenomen, en een djinn kan niet ver van dat punt reizen. Maar dat was geen vraag die hij rechtstreeks kon stellen. Praten met een andere djinn vereiste finesse. Een zorgvuldige aandacht voor details om niet in de val te lopen wanneer er onvermijdelijk een deal werd gesloten; alle interacties met djinns resulteerden in een deal. 'Behandelt ze je zo slecht?'

De serveerster verscheen met een fles en vulde Elims glas tot de rand, terwijl hij met extatisch genoegen kauwde. Nadat hij had doorgeslikt, zocht hij Ophirs blik, zijn wenkbrauwen suggestief optrekkend. 'Mijn weelderige sterveling biedt allerlei decadente mogelijkheden.'

Bezitsdrang laaide op in Ophirs borst, en hij wilde over de tafel springen om de djinn te wurgen omdat hij de brutaliteit had om te zinspelen op enige vorm van intieme kennis van Tanika. Toen besefte hij wat Elim aan het doen was—hem uitlokken, mogelijk met de bedoeling hem in de val te lokken. Elim moest op zoek zijn naar een manier om onder zijn deal met Tanika uit te komen.

Met een grijns schoof Ophir de broodmand over de tafel naar de hongerige djinn. 'Ze noemt je haar poltergeist.'

Met verharde ogen kieperde Elim het brood op zijn bord en depte het vleessap op met een sneetje. 'Ik begrijp het,' sprak hij met een mond vol eten. 'Heeft ze je dan ook haar wens verteld?'

Ophir knikte gelaten.

'Interessant. Maakt niet uit.' Hij spoelde zijn mondvol weg met wijn. 'De biologische klok van de sterveling tikt. Ik heb er alle vertrouwen in dat ik haar binnenkort zover krijg. Misschien kun jij me vertellen waarom jij rond de meesteres van een andere djinn sluipt?'

Ophir zuchtte en zette zijn glas neer, terwijl hij zijn mond depte met een servet. Het was te vroeg om te onthullen dat hij geen meester had. Dat hij op zoek was naar een portaal. Het onthullen van zijn verlangen maakte het tot een doelwit, een makkelijk drukmiddel, net zoals de penibele situatie van Elim op dit moment een drukmiddel was. Toch was het niet genoeg. Ophir moest zijn eigen positie versterken en Elim onzekerder maken. 'Het is goed dat je je meesteres onder controle hebt. Deze mensen hebben van die wispelturige verlangens, nietwaar? Zo kortstondig en onbewust van wat ze werkelijk willen, vooral de jongeren. Hoe oud was Tanika toen ze haar wens deed?'

De djinn kneep zijn ogen samen en hield stil, zijn tanden begraven in een brok brood. Hij legde het stukje neer en keek even naar links, dan naar rechts. 'Ik voel de aantrekkingskracht van een portaal hier in de buurt niet. Waar is je meester?'

Met het bloed suizend in zijn oren vernauwde Ophir zijn ogen naar de andere djinn. 'Ik zou jou hetzelfde kunnen vragen.'

'Je moet maar eens gaan.' Elim propte een heel sneetje brood in zijn mond, waardoor zijn ingevallen wangen opbolden.

'Is dit dan het territorium van je meesteres? Is ze de sultana van dit rijk?' Ophir grinnikte bij de gedachte aan Tanika in een doorschijnende zijden kaftan en van top tot teen behangen met juwelen. Misschien moest hij die fantasie werkelijkheid laten worden als dit allemaal voorbij was. 'Ik benijd je niet, gebonden aan zo'n meesteres.'

De djinn stond op en sperde zijn neusvleugels uiteen. 'Zeg je nu dat je geen meester hebt? Wat voor kracht heb je gevonden?' Het lichaam van de djinn rimpelde en begon te vervagen. Met een verontwaardigd gesnuif keek hij nors naar zichzelf omlaag, griste een laatste sneetje brood van zijn bord en was verdwenen, de bittere acetongeur van zijn magie met zich meenemend.

Tanika keek niet om toen ze het restaurant en haar vrolijk grijnzende djinn ontvluchtte. Het enige waar ze aan kon denken was het monster zo ver mogelijk bij Ophir vandaan te slepen, dankbaar dat hij alleen in haar nabije omgeving kon verschijnen sinds ze hem in het kluisje had gestopt. Als ze snel genoeg bewoog, kreeg Elim misschien niet eens een duidelijk beeld van met wie ze had gezeten. Hoeveel mensen had hij wel niet misleid en misvormd in een poging hen bij haar wens te laten passen? Dit was de reden waarom ze niet datete. Waarom ze uit de buurt van mannen bleef. Waarom moest haar demon alles verpesten?

In haar vroege jaren was haar demon alleen verschenen om haar te irriteren, maar na haar achttiende verjaardag en haar afwijzing van haar eerste aanbidder was hij pas echt problemen gaan veroorzaken. In haar eerste appartementencomplex waren er kortsluitingen en voortdurende stroomstoringen geweest, waarbij hij haar er constant aan herinnerde dat al haar problemen voorbij zouden zijn als ze de wens maar zou accepteren. De volgende plek waar ze woonde, moest onbewoonbaar worden verklaard toen er zwarte schimmel werd gevonden. Een twee-onder-een-kapwoning die ze huurde, was tot de grond toe afgebrand. En dan waren er nog de streken die hij arme meneer Daniels had geleverd, door kevers in het meel te stoppen en de suiker door zout te vervangen.

Toen ze het trottoir bereikte, besefte ze dat de duisternis was ingevallen en dat de straatlantaarns diepe schaduwen wierpen over de auto's die langs de stoeprand geparkeerd stonden. Ze haalde haar mobieltje tevoorschijn en belde een taxi, waarbij ze een adres opgaf dat een paar deuren verderop was. Een jaar geleden, na het incident met meneer Daniels, was ze naar de bank gestapt en had ze een kluisje gehuurd, in de hoop de toegang van haar demon tot haar buren door afstand te beperken. Het huren van het kluisje had haar elke stuiver gekost die ze overhad, maar ze was te nerveus om de hanger uit het oog te verliezen. Ze wilde er zeker van zijn dat deze zo veilig mogelijk lag. Elim had om haar plan gelachen en gedreigd de beveiligingssystemen te omzeilen en dieven in de kluis toe te laten. Met veel genoegen had ze hem eraan herinnerd dat zelfs als hij in de handen van iemand anders zou vallen, hij een nieuwe meester niets te bieden had; hij kon geen wensen vervullen zolang de hare niet was vervuld.

Verderop zag ze een gele taxi naar de stoeprand rijden, en ze rende ernaartoe. Terwijl ze op de achterbank klom, hijgde ze haar huisadres naar de chauffeur, terwijl ze nog steeds dacht aan het moment waarop ze het kluisje had afgesloten. Elim had naast haar staan vloeken. Toen was zijn stem opgehouden alsof ze een radio had uitgezet. Hij was verdwenen alsof hij nooit had bestaan.

Maandenlang had ze geloofd dat ze van hem verlost was.

Toen was hij weer in haar keuken verschenen, briesend van woede en elk bord dat ze bezat kapotslaand. Blijkbaar verstoorde de metalen doos zijn vermogen om de hanger als doorgang te gebruiken. Terwijl de borden overal om haar heen in scherven vielen en zijn hete adem in haar gezicht blies, deelde hij haar mee dat hij zich niet zo gemakkelijk liet opsluiten.

De taxi zette haar af bij haar appartement en ze liep door de smalle binnenplaats. Tenminste was de kracht van de demon afgenomen door het kluisje. Hij kon alleen in haar onmiddellijke nabijheid verschijnen en niet lang genoeg blijven om problemen te veroorzaken. Althans, niet veel problemen. Het kostte hem ook tijd om te herstellen tussen twee verschijningen, dus ze wist dat ze nu even adempauze had. Maar door zo weg te rennen, was Ophirs vertrouwen in haar als zakenpartner waarschijnlijk geruïneerd. Ze had kunnen weten dat dit zou gebeuren. Vroeg of laat ontdekte de demon altijd haar plannen en vond hij een manier om ze te verzieken. Ze was een dwaas om te hopen dat een van haar dromen zou uitkomen.

Toen ze haar voordeur opende, werd ze verrast door de demon die met zijn tong klakte. 'Stout, stout meisje. Je danst wel heel graag met de duivel. Wat zou uw moeder daarvan vinden?'

Haar maag draaide om. Op de een of andere manier wist hij altijd een slechte situatie nog erger te maken.

Meestal door haar moeder erbij te halen. Nou, dat spelletje konden ze met z'n tweeën spelen. Hij klaagde altijd dat ze niets eetbaars in huis had en smeet haar rijstwafels en dieetproteïnepoeders als een nukkig kind op de grond. Dat weelderige restaurant moest hem razend jaloers hebben gemaakt. 'Hoe lang heb je het eten kunnen ruiken voordat je vervaagde, poltergeist?'

Voor een keer leek hij niet van zijn stuk gebracht door haar sneer. 'Vertel me eens, wat heeft Ophir je aangeboden?'

Shit. Hij was erin geslaagd lang genoeg met Ophir te praten om zijn naam te horen. Was hij er ook in geslaagd hem te veranderen? Om hem te kneden zodat hij bij haar wens paste? Nu kon ze nooit meer een interactie met Ophir vertrouwen. Ze liep langs Elim naar de keuken zonder te antwoorden en liet het licht uit voor het geval hij zou besluiten om gloeilampen kapot te slaan.

'Stuur hem weg.' Elim liep achter haar aan, zijn voeten maakten geen geluid op het bekraste linoleum. 'Ik overtroef alles wat hij biedt. Weet je hoe zeldzaam het is om een tweede wens te krijgen?'

'Ik wil helemaal niets van je. Nooit. Je bent een monster en ik zie je wel in de hel.' Ze wilde thee zetten, maar had geen zin om kokend water in de buurt te hebben als Elim boos werd. Ze opende de koelkast en zocht naar een lightfrisdrank.

'En toch doe je zaken met *hem*?'

'We zijn in onderhandeling.'

'Waarover?' Zijn stem was harder dan normaal. Kortaf. Durfde ze zelfs te zeggen: nerveus? Ophir had gezegd dat hij de djinn kon verdrijven. Zou het waar zijn? Dit was de eerste keer dat ze zich kon herinneren dat Elim haar vroeg om iemand weg te sturen, vooral een aantrekkelijke vrijgezel.

In het gele licht dat uit de open koelkast stroomde, nam ze de overdreven lijnen rond zijn ogen en mond in zich op. Zag hij er gerimpelder uit dan normaal? Zijn handen waren tot vuisten gebald aan zijn zijden. Wat Ophir ook tegen Elim had gezegd, het had hem genoeg schrik aangejaagd om een potentiële echtgenoot af te wijzen. *Goed zo.* Ze grinnikte en nam een flinke slok van haar frisdrank. 'Hij wil investeren in de salon.'

'Investeren?' Het vlees rond zijn ogen vertrok. 'Wat betekent dat?'

'Ik vermoed dat hij hier veel tijd zal doorbrengen. Hij wil partner worden en de salon helpen winst te maken.'

De demon begon te grinniken. 'Heeft hij je verteld dat hij geld wil verdienen?'

Ze knipperde nerveus met haar ogen. Ophir had niet gezegd dat hij geld wilde verdienen. Hij had haar gevraagd zijn persoonlijke medium te worden. *Ondanks het feit dat ik hem niet kon lezen.* Wantrouwen laaide weer op. 'Hoezo, wat heeft hij jou verteld dat hij wilde?'

Elim lachte harder, zijn brede mond onthulde hoekige witte tanden. 'Je weet het niet, hè?' Hij leunde dichterbij, zijn ogen gevuld met een diep paars vuur. 'Ophir is een djinn. Net. Als. Ik.'

De vloer leek onder Tanika's voeten weg te zakken en ze greep naar een eetkamerstoel om zichzelf in evenwicht te houden. 'W-wat?'

Maar haar demon antwoordde niet. Zijn gelach vervaagde samen met zijn lichaam en ze bleef achter in een donkere keuken, zich afvragend of ze moest huilen of hysterisch moest lachen.

Een djinn? Echt waar? Wat krijgen we nou? Was ze een soort magneet voor kwaadaardige magie?

Ze klemde haar handen in haar krullen en gilde binnensmonds. Ze had geen zin dat de buren weer de politie zouden bellen. Dat hadden ze al vaak genoeg gedaan terwijl haar demon een van zijn driftbuien had. Iedereen in het gebouw ging ervan uit dat ze schizofreen was en heftige ruzies met zichzelf uitvocht.

Ze plofte op de keukenstoel, wierp haar hoofd achterover en staarde naar het plafond. Ophir was naar de salon gekomen op zoek naar iemand. Naar Elim? Legden djinns huisbezoeken af bij andere djinns? Ze had geen idee. En dan was er nog zijn aandringen dat ze met hem uit zou gaan. Ze kneep haar dijen samen toen ze terugdacht aan zijn handen over haar hele lichaam, de golf na golf van onbeschrijflijk genot die hij bij haar teweeg had gebracht. Was dat enkel onderdeel van een of ander sluw djinn-plan? Waarvoor? Om haar ervan te overtuigen zijn persoonlijke medium te worden?

Ze lachte hardop en leunde naar voren om haar hoofd op de keukentafel te leggen. *Een medium voor een djinn. Hilarisch.*

Toen schoot ze overeind. Misschien was dat verbloemde taal voor de vraag of zij zijn meester wilde worden? Dat was min of meer wat mama voor Elim was geweest: ze gebruikte haar gaven als medium om zijn wensen aan de hoogste bieder te verkopen, terwijl ze er zelf van afzag om wensen te doen. Had Ophir hetzelfde soort deal voorgesteld? Een brok onbehagen nestelde zich in haar maag. Geen sprake van dat ze daar ooit mee akkoord zou gaan.

Maar hij had om zoiets niet gevraagd. Hij had aangeboden haar djinn te verdrijven. Was dat omdat iemand maar de meester van één djinn tegelijk kon zijn? Haar moeder zou het geweten hebben. Maar mama was dood. Ze merkte dat ze naar adem hapte en nam nog een slok frisdrank in een poging haar hart te kalmeren. Misschien waren niet alle djinns zoals Elim. Wat als haar demon—haar djinn—een soort djincrimineel was, of zo? Ophir was misschien wel een sexy djinn-agent, eropuit om zijn mannetje te vangen en gaandeweg de meisjes van hun voeten te vegen.

Ze schudde haar hoofd. *Je hebt veel te veel stationsromannetjes gelezen, Tanika.* Als Ophir een djinn-agent was, had hij Elim in het restaurant wel gevangen. *Tenzij Elim te snel vervaagde?* Ze was er zelf ook vrij snel vandoor gegaan.

Verdomme. Het was tijd om op te houden met in zichzelf te praten en een plan te maken. Voor hetzelfde geld loog Elim over de hele zaak en was Ophir helemaal geen djinn. Haar demon kon proberen omgekeerde psychologie op haar toe te passen om haar erin te luizen haar eigen wens te vervullen. Het zou niet de eerste keer zijn dat hij die tactiek probeerde. Ze moest Ophir weer spreken. Hem de kans geven zijn kant van het verhaal uit te leggen.

Helaas was ze net weggevlucht van een date met een man van wie ze niets wist. Geen telefoonnummer, geen adres—verdorie, niet eens zijn achternaam. Wat voor een idioot was ze? Zich laten inpakken door een stel brede schouders, sexy chocoladebruine ogen en een bliksemsnelle Ferrari. Hij was nu vast allang weg uit het restaurant.

Terwijl ze om zich heen keek om er zeker van te zijn dat ze alleen was, opende ze het keukenkastje en haalde ze een doos rijstwafels van de achterste plank. Onder de schijven met kartonsmaak had ze een zakje mini-pindakaascups verstopt voor de nieuwsgierige ogen van Elim. Als Ophir inderdaad een djinn was, waren ze hem maar liever kwijt dan rijk. En als hij nog steeds wilde investeren, zou hij morgen wel weer naar de salon komen.

Ze ging aan de tafel zitten, pakte de eerste van de avond uit en stopte hem in zijn geheel in haar mond. Chocolade loste alles op, toch?

HOOFDSTUK 8

Onzeker over wat hij precies zocht, spoorde Ophir Tanika op. De taak bleek vrij eenvoudig, zelfs zonder magie. Haar naam was ongebruikelijk genoeg dat een snelle Google-zoekopdracht, gekoppeld aan de gegevens van de RDW, haar woonadres opleverde. Waarom zou hij zich haasten om terug te gaan naar soortgenoten zoals Elim, terwijl hij net een vrouw als Tanika had gevonden? Nu stond hij voor haar deur met een tas afhaaleten in de ene hand en een nieuwe fles wijn in de andere. Hij drukte op de deurbel en wachtte.

Voetstappen trilden achter de deur, gevolgd door een lange pauze, alsof ze overwoog om te doen alsof ze niet thuis was. Ongetwijfeld had Elim haar al op de hoogte gebracht van de situatie en haar opgehitst tegen een mede-djinn. *Ze wil haar djinn vermoorden.* De herinnering zou Ophirs bloed moeten doen afkoelen, maar Elim was nogal een eikel—de meeste djinn waren dat. *Bovendien is zij een sterveling.* Het deed er allemaal niet toe. Hij kon zichzelf er niet van weerhouden haar weer te zien.

Terwijl hij de tas met eten voor de deurspion hield, riep hij: 'We hebben onze maaltijd nooit kunnen afmaken.'

Weer een moment van stilte, toen klikte de grendel en zwaaide de deur open, om abrupt te stoppen bij de beveiligingsketting. Door de kier waren Tanika's ogen groot, en haar volle borsten gingen net iets te snel op en neer. Elim moest het haar inderdaad verteld hebben, en nu was ze bang. Ophir besloot dat eerlijkheid de beste aanpak was om haar voor zich te winnen. 'Het spijt me dat ik het je niet verteld heb.'

Ze leek te verwelken, als een vers geplukte bloem in de zon. 'Dus je bent een… een djinn?'

Voor het eerst in zijn lange bestaan wenste Ophir dat hij iets anders had kunnen antwoorden. Hij moest de drang weerstaan om haar in zijn armen te nemen en zijn excuses aan te bieden. 'Ja.'

'Waarom ben je hier?'

Opnieuw hield hij de tas omhoog en grijnsde. 'Om onze maaltijd af te maken.' Haar lippen werden een dunne lijn, en hij besefte dat hij te speels was geweest. Hij liet zijn arm zakken en liet zijn gezichtsuitdrukking serieus worden. 'Mijn excuses. Ik ben hier om te praten. Ik zweer je dat ik de waarheid zal spreken. Wat je ook wilt weten.'

'Waarom. Ben. Je. Hier?' herhaalde ze.

Hij haalde diep adem en wierp een blik over de binnenplaats voordat hij antwoordde. 'Ik kwam hier op zoek naar een portaal.' Het portaal mocht dan de reden zijn geweest die hem hierheen bracht, het was niet langer de reden waarom hij haar opzocht. Als djinn niet immuun waren voor hun eigen magie, zou hij zich afvragen of een wens hen samen had gebracht.

De afweer in haar ogen vervaagde. Diep in haar blik meende hij hoop te bespeuren die overeenkwam met die van hemzelf. 'Heb je er zelf geen?'

'Ik zou dit gesprek liever niet op de binnenplaats voeren. Vind je het erg als ik binnenkom?'

Ze likte haar lippen en aarzelde slechts een hartslag lang. Daarna maakte ze de ketting los en hield de deur wijd voor hem open, terwijl ze naar de korte gang wees. 'De keuken is daar doorheen.'

'Dank je.' Hij liep langs haar heen zonder haar aan te raken en dwong zichzelf genoegen te nemen met alleen een diepe teug van haar aroma van citrus en anijs. Binnen bekeek hij het kleine appartement. De plek was vreemd genoeg verstoken van meubels en decoratie, afgezien van een overvolle bank met pluizige kussens en een flatscreen-tv die aan de muur was geschroefd. Hij tastte de lucht af op zoek naar magie, op zoek naar tekenen van Elims portaal. Het appartement rook naar anijs, net als de salon, maar het was niet bedekt met een olieachtige glans om de aantrekkingskracht ervan te dempen.

De keuken bleek eveneens sober te zijn, met slechts een kleine klaptafel en twee klapstoelen. Op tafel lag een open zak snoep, en lege metallische papiertjes waren tot balletjes gerold en aan één kant opgestapeld. Eén keukenkastje stond open en onthulde twee blikken soep en een doos rijstwafels.

Terwijl hij de tas op tafel zette, vroeg hij: 'Ben je aan het verhuizen?'

'Wat?'

'Dit appartement ziet er... kaal uit.'

'Oh. Er gaan hier in huis nou eenmaal… nogal vaak dingen kapot.'

Hij klemde zijn kaken op elkaar; hij haatte de gedachte dat er iets kapotging dat haar dierbaar was. Geen wonder dat ze haar djinn een klopgeest noemde. Hij opende de piepschuimbakjes, waardoor het rijke aroma van butter chicken de lucht vulde. 'Ik hoop dat je van Indiaas eten houdt. Er was onderweg ergens een klein zaakje en het rook zo lekker dat ik wel moest stoppen.'

Ze bleef staan. 'Vertel me alsjeblieft gewoon wat je van me wilt.'

Meteen ter zake dus. De tijd voor beleefdheden was voorbij. Zijn hart brak een beetje omdat de intimiteit die ze in het restaurant hadden opgebouwd voorbij was, maar misschien zou ze hem weer toelaten als hij haar vertrouwen terugwon. Maar eerst de belangrijke zaken. Opnieuw tastte hij de lucht af, op zoek naar Elim. 'Is hij hier?'

Ze kneep haar ogen samen. 'Hij zit opgesloten. Waarom?'

Haar woorden bezorgden hem koude rillingen. Net zoals contact met metaal zijn toverkracht uitschakelde, kon een portaal dat volledig omringd was door metaal inactief worden gemaakt. Geen wonder dat de andere djinn er zo uitgemergeld had uitgezien. Ophir had aangenomen dat het simpelweg kwam door de uitputting van een onvervulde wens die al zoveel jaren openstond. Nu besefte hij dat het moest komen omdat Elim niet alleen geen nieuwe wensen had kunnen sluiten voor energie, maar ook niet genoeg voedsel had gehad om zijn fysieke lichaam te voeden. Hij verbrandde letterlijk zijn eigen magiereserves zoals een mens vet verbrandde. 'Hoe is hij naar het restaurant gekomen?'

'Hij gebruikt de wens die ons verbindt als een kanaal.' Haar huid zag er bleek uit bij die woorden. 'Maar hij zegt dat het veel energie kost. Twee keer op één avond is veel. Ik betwijfel of hij snel weer terug zal zijn.'

Ophir had nog nooit van zo'n mogelijkheid gehoord; Elim moest een zeer machtige djinn zijn. De gedachte dat Elim haar op die manier gebruikte, deed Ophirs bloed koken. 'Doet hij je pijn?'

Ze hield haar hoofd schuin met haar armen over elkaar. 'Volgens mij zei je dat je mijn vragen zou beantwoorden. Tot nu toe ben ik de enige die ergens antwoord op geeft.'

'Punt voor je.' Hij nam op de andere stoel plaats en legde ter uitnodiging een tweede plastic vork aan de lege kant van de tafel. 'Ik zoek een weg naar huis en dat van Elim is het eerste portaal dat ik zo dichtbij heb gevonden. Waarschijnlijk omdat jouw wens het portaal op een kier houdt.'

'Wat is er met jouw portaal gebeurd?' Haar wenkbrauwen fronsten.

'Vernietigd.' Hij nam een hap kip, maar ze keek hem met zo'n concentratie aan dat hij het nauwelijks proefde.

'Dus je bent vrij?'

Hij slikte. 'Vrij? Ik veronderstel van wel. Ik ben niet gebonden aan een portaal. Maar ik kan ook niet naar huis.'

Ze nam aarzelend plaats op de tegenoverliggende stoel en verplaatste haar blik naar het lege aanrecht. 'Vervul jij wensen?'

Hij sloeg haar overduidelijk geforceerde nonchalance gade. Was ze op zoek naar een manier om Elims band te verbreken? 'Ik kan de ene wens niet tenietdoen door een andere te vervullen, als dat is wat je vraagt.'

'Dat is niet wat ik vroeg. Ik wil weten of jij…' Haar adem haperde terwijl ze haar zin afmaakte, 'zielen oogst.'

Argwaan nestelde zich zwaar op zijn borst. Ze hoopte dus niet op een nieuwe wens. Ze zocht naar een reden om hem te haten. Zijn djinn-natuur spoorde hem aan om een vaag antwoord te geven dat op meerdere manieren kon worden geïnterpreteerd. Ze had het in de tegenwoordige tijd gevraagd, dus hij kon eerlijk 'nee' antwoorden. Maar dat zou niet de werkelijke waarheid zijn waar ze naar zocht. En hij had beloofd haar de waarheid te vertellen. Hij voelde zich aan die belofte gebonden alsof hij een deal voor een wens had gesloten. *Je bent te lang onder de stervelingen geweest,* dacht hij bij zichzelf, terwijl hij zei: 'Niet meer.'

Na een korte pauze vroeg ze: 'Maar vroeger wel.'

'Ik zal niet liegen. Dat deed ik.' Hij observeerde haar prachtige gezicht, op zoek naar tekenen van haat. In plaats daarvan zag hij gereserveerde nieuwsgierigheid.

Ze frunnikte met haar handen in haar schoot. 'Waarom ben je ermee opgehouden?'

Hij schraapte zijn keel. Dit was weer zo'n vraag die zowel een makkelijk als een moeilijk antwoord had. Hij koos voor de gulden middenweg. 'Na achthonderd jaar voel ik de verslavende aantrekkingskracht niet meer.'

Ze leek erover na te denken. 'Wat je eigenlijk bedoelt, is dat je het niet kunt.'

Hij kon haar intelligentie wel waarderen. Ze had duidelijk veel ervaring met de dubbelzinnige praatjes van haar djinn. 'Ik kan kleine magie uitvoeren voor mijn eigen doeleinden. De zware magie die nodig is om een wens te vervullen, gaat mijn vermogen echter te boven.'

'Omdat je je portaal bent kwijtgeraakt?'

'Een portaal zorgt voor een verbinding met de diepere magie, ja.'

Opnieuw sloeg ze haar armen over elkaar, haar blik zo intens dat deze alles wat brandbaar was, dreigde te doen ontbranden. 'Daarom heb je mij nodig. Je wilt het portaal van mijn djinn gebruiken en weer beginnen met het verhandelen van wensen voor zielen.'

'Nee,' ontkende hij, hoewel zijn gedachten tolden van de tegenstrijdigheden. Hij was al zo lang op zoek naar een portaal dat hij zijn motivatie was vergeten. Was het om zijn vorige leven te hervatten? Of was het om te ontsnappen aan het eeuwige verdriet van het verliezen van degenen om hem heen aan de sterfelijkheid? Hij had niet echt nagedacht over wat er zou gebeuren nadat hij een portaal had gevonden. Alles wat hij op dit moment wist, was dat hij wilde dat Tanika gelukkig was. 'Ik wil je helpen ontsnappen uit de val waarin je je bevindt.'

Ze lachte, haar gezicht getekend door spot. 'Je bent eigenlijk een djinn die gedwongen in een afkickkliniek zit. Waarom zou ik je vertrouwen? Of wat dat betreft, waarom zou je jezelf vertrouwen? Drugverslaafden denken ook dat ze vrij zijn totdat ze de kans krijgen om weer te gebruiken.'

Ophir verstijfde, opnieuw geschokt door deze sterveling die de dingen duidelijker kon zien dan wie dan ook—djinn of mens—die hij ooit had ontmoet. Was hij simpelweg een verslaafde? De verre herinnering aan de zielen die hij had genomen, de dramatische stoot van energie en kracht, spoelde over hem heen op een manier die hij in lange tijd niet had ervaren. Een herinnerde honger die bijna onmogelijk te bestrijden was. De absolute euforie van het consumeren van een menselijke ziel.

En hij besefte dat het in het niet viel bij hoe hij zich voelde in Tanika's nabijheid.

Tanika's nagels boorden zich in haar handpalmen terwijl ze wachtte op Ophirs reactie op het feit dat hij een verslaafde werd genoemd. Met heel haar hart wilde ze geloven dat niet alle djinn waren zoals Elim. Maar Ophir had toegegeven zielen te hebben geoogst, en de manier waarop Elim over die ervaring sprak, deed haar geloven dat het moest voelen als een gigantisch shot meth. Hoe kon een djinn die dat had ervaren een kans afslaan als die zich weer aandiende?

Ophirs gelaatstrekken vertrokken en hij leek in gedachten verzonken. Daarna boog hij zich over de butter chicken en inhaleerde de geur, met gesloten ogen als in meditatie. 'De combinatie van kruiden in dit gerecht is niet te vergelijken met wat er op mijn wereld te vinden is.' Terwijl hij zijn ogen opende, vouwde hij zijn lange vingers voorzichtig, bijna eerbiedig om het bakje. 'Wanneer ik omringd word door zulke sensaties, voel ik me… bijna menselijk.'

Ze bleef onbeweeglijk zitten met haar armen over elkaar, bijna bang om te bewegen. De sensuele manier waarop hij van het aroma genoot, maakte het moeilijk om zich op zijn woorden te concentreren. Het gesprek was serieus, en toch kon ze alleen maar denken aan de manier waarop zijn grote handen het bakje streelden.

'Mijn tijd hier onder de stervelingen, die geen enkele dag als vanzelfsprekend kunnen beschouwen, die erin slagen wonderen te creëren ondanks hun beperkte individuele bestaan, heeft me veranderd.' Hij liet het bakje los en leunde achterover in zijn stoel. 'Djinn zijn alleen creatief in het sluiten van deals. We maken geen dingen, we bedenken geen oplossingen. Van de telefoon die ik gebruikte om je adres te googelen tot de cabrio waarin ik hierheen reed: er zijn geen grenzen aan de menselijke verbeelding. Jullie overtreffen mijn ras in alles. Zelfs maar één van jullie wegnemen voordat jullie tijd om is, is een verspilling van potentieel.'

God help haar, ze wilde hem geloven. Maar hij had de vraag nog steeds niet echt beantwoord en ze wist uit haar ervaringen met Elim hoe listig woorden konden zijn. 'Dat is zoiets als zeggen hoe mooi een taart is vlak voordat je hem aansnijdt.'

Dat ontlokte hem een lach, niet die spottende soort die ze van haar djinn gewend was, maar een van plezier, met zijn ogen dichtgeknepen terwijl hij zijn hoofd schudde. 'Je bent werkelijk verrukkelijk, Tanika. Zowel charmant als gevat. En je hebt gelijk. Laat me in duidelijke woorden zeggen wat ik bedoel.' Hij keek haar aan, zijn donkere ogen gevuld met een intens paars licht. 'Na achthonderd jaar onder de mensen vind ik de gedachte aan het nemen van een menselijke ziel afstotelijk. Ik persoonlijk wil dat nooit meer doen.'

Ze haalde diep adem en dacht na over wat hij zojuist had gezegd, op zoek naar mazen in de wet. Elim zou woorden verdraaien, maar hij was er trots op dat hij nooit loog. Blijkbaar was eerlijkheid een djinnwaarde of zoiets. Ze kon geen enkele ontsnappingsmogelijkheid vinden in wat Ophir zei. Aarzelend stelde ze voor: 'Beloof me dat je nooit meer iemand zult oogsten, dan geloof ik je.'

Zijn blik bleef standvastig. 'Ik zal nooit meer een sterfelijke ziel oogsten.'

Terwijl haar schouders ontspanden, besefte ze dat ze eindelijk weer voluit kon ademen. ‘Oké. Waarom zoek je dan naar een portaal?’

Het paarse licht dat in zijn blik brandde, flakkerde. ‘Ik… weet niet zeker of ik dat nog wel doe.’

Ze fronste haar wenkbrauwen, weer vol twijfel. ‘Is dat niet wat je beweerde toen ik je binnenliet?’

‘Dat klopt. Maar jij hebt me doen heroverwegen wat dat doel betreft.’

Haar buik trok samen van verwachting. Wat voor doel zou een djinn kunnen hebben, afgezien van het oogsten van zielen? Tenzij… ‘Wacht, ik weet wat er aan de hand is.’ Ze stak een hand op. ‘Elim heeft een spreuk over je uitgesproken om je mijn wens te laten vervullen.’

‘Onmogelijk.’ Ophir schudde zijn hoofd. ‘Djinn zijn immuun voor elkaars magie, althans hier op aarde.’

Een golf van opluchting overspoelde haar. Ze wilde dat Ophirs aandacht echt was, niet het resultaat van een of andere bezwering. ‘Weet je het zeker?’

Hij glimlachte. ‘Ik weet het zeker. Ik ben hier om je te redden van je djinn.’

Misschien is hij van *de djinnpolitie.* 'Hoe?'

'Elim kwijnt weg onder de last van de wens en zou waarschijnlijk bijna alles doen om van zijn schuld bevrijd te raken.'

Ze smaalde. 'Dat zou hij zeker. Hij heeft al vaak aangeboden om opnieuw over onze deal te onderhandelen.' Haar woede laaide op bij de gedachte aan alle dingen die hij had gesuggereerd. 'Maar zoals ik je in het restaurant al zei; ik wil hem niet vrij. Ik wil hem dood.'

Ophir hield zijn hoofd schuin. 'Dat zal je moeder niet terugbrengen.'

Zijn woorden kwamen aan als een klap in haar maag. 'Dat weet ik. Maar ik kan er tenminste verdomd zeker van zijn dat dat monster nooit meer een ander mens kwaad doet.' Ze vocht tegen haar zelfmedelijden. Ze had jaren geleden besloten dit pad te volgen en was niet van plan zich door een andere sluwe djinn te laten ompraten.

'Je weigert niet alleen je wens, weet je. Elim zal je martelen tot de dag dat je sterft.' Ophir leunde naar voren met zijn ellebogen op de tafel. 'Wist je dat hij de salon met een schone schijn heeft bewerkt? Hij heeft hem dof gemaakt om het minder aantrekkelijk te maken voor klanten.'

'Klootzak.' Ze zakte achterover in haar stoel en keek boos, terwijl haar handen slap op de tafel vielen. 'Ik wist dat hij iets had gedaan, maar hij zou het nooit toegeven.'

'Wat als ik hem terugstuur naar mijn dimensie—permanent—zodat hij nooit meer naar dit rijk kan terugkeren?' Hij reikte over de tafel en omsloot een van haar handen met de zijne. 'Zou dat je missie om de mensheid te beschermen bevredigen?'

Zijn aanraking zette haar bloed in vuur en vlam. *Concentreer je, Tanika*. 'Je zei dat je geen toegang hebt tot sterke magie zonder portaal. Bovendien is hij immuun. Hoe ben je van plan hem te verslaan?'

'Op de manier waarop alle djinn met elkaar omgaan. Een deal.'

'Wat voor deal?'

Hij likte zijn lippen. 'Ik geloof dat ik in staat ben zijn schuld over te nemen.'

Haar hart stond even stil. 'In de zin van… jij wordt mijn djinn?'

'Ik zou het eigendom van het portaal overnemen, ja.'

'Ik wist het!' Ze trok haar hand weg, terwijl het gevoel van verraad door haar heen brandde.

'Ik meende het toen ik beloofde nooit meer een sterveling te oogsten.' Zijn blik bleef in de hare gevangen, maar hij trok zijn hand terug. 'Maar ik kan geen andere manier bedenken om Elims greep op jou te verbreken.'

Ze was nog steeds aan het verwerken dat ze een tweede djinn had ontmoet, laat staan dat ze zijn motieven vertrouwde. En toch wilde een deel van haar alles aan Ophir vertrouwen. De manier waarop zijn aanraking haar brein in pudding kon veranderen, was onwezenlijk. Achterdocht bloeide op in haar borst. 'Spreek *jij* een spreuk over mij uit?'

'Dat doe ik niet. Sterker nog, ik kan het niet.' Zijn antwoord was langzaam, slepend en sexy. 'Ik heb nog nooit iemand zoals jij ontmoet.'

Haar adem stokte in haar keel. 'Wat bedoel je?'

Hij leunde naar voren, waarbij de goedkope klapstoel kraakte toen hij verschoof. 'Het zou de magie van je wens kunnen zijn die door je heen stroomt, of misschien draag je een spoor van djinnbloed bij je.'

'In de zin dat een djinn een voorouder van mij was?' Haar maag keerde om; de chocolade die ze eerder had gegeten, borrelde ongemakkelijk in haar buik. Het idee dat ze voorouderlijke banden had met een djinn maakte haar fysiek misselijk.

Hij haalde zijn schouders op. 'Het is mogelijk. Tijdens de beginjaren van onze tochten naar de aarde, voordat ontdekt werd dat sterfelijke zielen geconsumeerd konden worden, vonden een paar djinn menselijke partners en vormden ze een band. Na zoveel millennia zijn de overgebleven bloedlijnen echter erg dun.'

Nog meer dan het vooruitzicht om deels djinn te zijn, maakte het praten met Ophir over partners en kinderen haar ongemakkelijk. Ze slikte en rechtte haar schouders. 'Dus ik ben een speciaal geval of zo. Dat verklaart nog steeds niet waarom je zoveel om mijn geluk geeft.'

Hij stond op, zijn bewegingen traag en loom, en liep om de tafel heen om op haar neer te kijken. 'Beschouw het maar als egoïstisch. Ik wil niet dat je elke keer dat ik je aankijk voor me wegloopt omdat je bang bent voor een wens.'

Als ze had gestaan, zouden haar knieën zijn bezweken onder zijn hongerige blik. Zijn parfum was eerder gemaskeerd door de butter chicken, maar nu hij dichtbij genoeg stond om haar knieën te raken, vulde zijn mannelijke geur haar met een bedwelmend verlangen. Met één hand duwde hij de klaptafel opzij—de met rubber beklede pootjes piepten over het linoleum—en stapte in de vrijgekomen ruimte. Terwijl hij hurkte, legde hij een hand op elk van haar knieën.

Gevangen door zijn intense blik, kreeg ze geen woord over haar lippen. Een lang, adembenemend moment verstreek. Langzaam drukte hij zijn lichaam tussen haar willoze dijen, die hij openduwde totdat zijn adem haar gezicht beroerde. Hij liet zijn tong langs de rand van haar mond glijden, wat haar een rilling bezorgde die rechtstreeks naar haar navel schoot. Terwijl ze beefde, voelde ze haar lippen wijken om hem toe te laten.

Hemel help haar, deze man veranderde haar gedachten in gelei, om nog maar te zwijgen van haar lichaam.

Hij knabbelde eerst aan haar bovenlip, toen aan haar onderlip, alsof hij haar voor het eerst proefde. Haar handen kropen naar zijn schouders, gleden omhoog en streelden zijn nek. Hij kantelde zijn hoofd, en zijn mond veroverde de hare; zijn tong gleed langs haar tanden voordat hij lange, stevige halen maakte in haar mond. Ze klemde zich aan hem vast en liet hem haar leiden in een erotische dans, terwijl zijn handen over haar dijen omhoog gleden om op de ronding van haar heupen te rusten.

Er ontsnapte hem een hongerig geluid dat haar vertelde hoe erg hij haar wilde, wat golven van verwachting diep in haar kern stuurde. Ze haakte haar enkels om zijn middel en huiverde van genot toen ze de hardheid van zijn erectie tegen haar geslacht voelde drukken. Hij boog zich naar voren, schuurde zichzelf tegen haar clitoris en verdiepte de kus. De herinnering aan de manier waarop hij haar in het restaurant tot een orgasme had gebracht, deed haar kern trillen van opwinding. Wat ze deden, was gevaarlijk. Verboden. Het zorgde er alleen maar voor dat ze Ophir meer wilde, om alles te ervaren wat hij te bieden had. Om zijn belofte van vrijheid te accepteren.

'Tanika,' kreunde hij tegen haar lippen. Hij gleed met beide handen onder haar billen en kwam overeind, terwijl hij haar als een zeester om zich heen geklemd hield. Zijn spieren rimpelden terwijl hij bewoog, trefzeker en stevig, zelfs met haar extra gewicht. Alsof hij al een miljoen keer in haar appartement was geweest, droeg hij haar moeiteloos door de woonkamer naar haar slaapkamer, terwijl hij de deur met één voet open duwde en haar op het bed liet zakken. Intussen verbrak hij het contact met haar hongerige lippen geen moment.

Het geluid van iemand die zijn keel schraapte, deed hen beiden verstijven.

'Het lijkt erop dat ik precies op tijd ben.' Elims stem sneed door de kamer als brekend glas.

HOOFDSTUK 9

Ophir rechtte zijn rug om de andere djinn onder ogen te komen; zijn zenuwen stonden onder hoogspanning door de magie. Het eten moest de reserves van Elim hebben versterkt. Tanika haastte zich naar de bedlamp en klikte hem aan, wat haar djinn onthulde met zijn armen over elkaar, diepe rimpels van een frons in zijn gezicht gekerfd.

'Hoe ben je hier nu alweer zo snel?' zei ze ademloos.

'Ik maakte me zorgen om je.' Elims stem droop van sarcasme. 'Ik ben immers schatplichtig aan jouw geluk.'

'Als dat waar was, zou je ter plekke doodneervallen,' beet ze hem toe.

Elim rolde met zijn ogen en richtte zijn aandacht op Ophir. 'Dit is niet de situatie waarin ik je had verwacht aan te treffen. Wat ben je aan het doen, Ophir?'

Ophir lachte zachtjes, rekte zijn nek van links naar rechts en streek zijn shirt glad over zijn borst, terwijl hij zorgvuldig over zijn woorden nadacht. 'Je hintte op Tanika's... plezierige... mogelijkheden toen we elkaar in het restaurant spraken. Ik was nieuwsgierig.' Hij ging op het bed zitten en veerde lichtjes op en neer, alsof hij de vering testte. 'Aangezien ik immuun ben voor jouw magie, dacht ik dat ik haar plezier zou aanbieden zonder enige verplichtingen. Als je ons nu wilt excuseren, hebben we liever geen publiek.'

Tot zijn verbazing schrok Tanika niet terug voor zijn lompheid. Ze wees naar de deur. 'Ja, Elim. Ga weg.'

Elims lichaam leek te vibreren en te rimpelen, terwijl hij zijn gloeiende, paarse blik op zijn meesteres richtte. 'Je bent niet het type vrouw dat een eenmalig avontuurtje kan hebben en zonder spijt weer wegloopt.'

Tanika snoof. 'Hoe zou jij dat weten?'

‘Daar heb ik wel voor gezorgd met de manier waarop je bent opgevoed. Liefdevolle, morele adoptieouders. Een gezin om je te leren hoe je je wens kunt vervullen.’ Zijn ogen gloeiden als paarse kolen. ‘Ik heb goed voor je gezorgd.’

Ophir lachte. ‘Voor haar gezorgd? Eerder dat je zenuwachtig was. Dat moet enorm veel energie hebben gekost, het versterken van de grip die de wens op haar heeft.’

Elims ogen vernauwden zich tot spleetjes paars licht. ‘Een slechte deal, dat geef ik toe. Die hebben we allemaal weleens gesloten. En ze weigert opnieuw te onderhandelen.’ Hij likte zijn lippen af en hield zijn hoofd schuin. ‘Jij zou me kunnen helpen. Overtuig haar om de wens te voltooien.’

Ophir gaapte alsof hij verveeld raakte door het gesprek. Maar vanbinnen was hij opgewonden. Elim maakte deze deal wel heel makkelijk. ‘Dat zou een kostbare afspraak zijn, mijn vriend. Ze is er nogal op gebrand dat je doodgaat.’

‘Iedereen heeft een prijs.’ Spetters vlogen uit Elims mond. ‘Zoek maar gewoon uit wat de hare is.’

‘Mmm. Je penibele situatie *is* intrigerend.’ Ophir draaide zijn hoofd om naar Tanika te kijken, die nog steeds ineengedoken bij de lamp zat, haar olijfkleurige huid asgrijs. 'Wat zou ervoor nodig zijn, Tanika?'

Ze slikte hoorbaar en keek hem aan. Een hartslag ging voorbij. Toen tien. Eindelijk richtte ze haar aandacht weer op Elim. 'Ik wil dat je de aarde verlaat en nooit meer contact opneemt met een ander mens.'

Elims neusvleugels trilden. 'Dat is geen deal. Jij krijgt wat je wilt en ik krijg niets.'

'Niets?' Ze stampte naar voren alsof ze hem wilde aanvallen, maar stopte bij de hoek van de matras. 'Je hebt mijn moeder en grootmoeder afgepakt! Je hebt je betaling al gehad!'

Ophir stond op en ging naast haar staan. Ze was prachtig als ze kwaad was. Het zou hem niet verbazen als hij een sprankje lavendelkleurig licht in haar ogen zou zien. Hij grinnikte naar zijn mededjinn. 'Ze heeft gelijk, Elim. Ik zou haar aanbod aannemen.'

Met gloeiende ogen krulde Elim zijn lippen en haalde diep adem. Hoe zwak de djinn ook mocht zijn, hij leek nog steeds op te zwellen van kracht.

'Wat schiet jij hierbij op, Ophir? Waarom ben je hier? Niet alleen voor een nummertje met een sterveling.'

Een waarschuwend gegrom steeg op uit Ophirs keel. Nog voordat hij kon spreken, wurmde Tanika zich met haar elleboog langs hem heen terwijl ze haar djinn woedend aankeek. 'Je bent gewoon boos dat ik een vriend met voordelen heb gevonden en dat je er niets aan kunt doen.'

De bedlamp knapte en ging uit, waardoor de kamer alleen nog werd verlicht door de vlammen in Elims ogen. 'Spot niet met mij, sterveling. Ik ben tot nu toe geduldig geweest.'

Tanika leek echter niet te stoppen. 'Wat ga je doen, klopgeest? Mijn scharen bot maken? De kleuren van mijn haarverf verwisselen? Je hebt geen echte kracht meer over. Je bent nog maar een schim van het monster dat je vroeger was.'

Elim brulde en stak zijn handen uit, alsof hij haar wilde wurgen. Tanika deinsde achteruit en hield haar handen beschermend voor zich, terwijl de djinn brulde: 'Ik brand de salon tot de grond toe af met Birdie erin als dat is wat er nodig is!'

Ophir deed een uitval en beukte de djinn opzij. Elim zou Tanika niet echt pijn doen, niet zolang die wens tussen hen in hing, maar Ophir weigerde toe te staan dat ze geïntimideerd werd. Hij stond neus aan neus met Elim, zijn ademhaling onregelmatig. 'Niet zolang ik in de buurt ben.'

Elims ogen werden groot. Toen vertrok zijn mond in een gemene grijns. 'Ze is niet zomaar een speeltje voor je, hè?' Hij deed een stap achteruit en zette beide handen in zijn magere zij, terwijl er een hinnikende lach uit hem rolde. 'Ik dacht dat paren met mensen iets uit het verleden was voor onze soort, maar hier sta je dan en bewijs je mijn ongelijk. Je realiseert je toch wel dat ze sterfelijk is? Je bindt jezelf aan een partner die zal verwelken en sterven.'

De kamer voelde plotseling alsof alle lucht eruit was weggezogen. Elim had gelijk. Tanika was voorbestemd om te sterven, net als ieder ander mens dat Ophir ooit had ontmoet. Net als Emelda. En geen enkele wens zou dat ooit kunnen veranderen. Wat voor dwaze djinn was hij om verliefd te worden op een sterfeling—niet één keer, maar twee keer? Had hij zijn lesje de eerste keer dan niet geleerd?

Hij wierp een blik op Tanika aan de andere kant van de schaduwrijke kamer. Een nieuwe angst greep zijn ziel aan toen hij de waarheid inzag. Het portaal kon hem niets meer schelen. Hij hoefde niet langer van de aarde te ontsnappen. Alles wat hij wilde, was Tanika, om haar te hebben en vast te houden voor de rest van haar leven. Daarna zou hij met liefde Elims plek naast haar in het graf innemen. Wat er ook zou gebeuren tussen nu en de eeuwigheid, Tanika was van hem. Hij wilde niet nadenken over de mitsen en maren. Hij wilde alleen haar. Ze was van hem, voor de duur van haar leven en daarna.

Terwijl hij nog steeds lachte, maakte Elim een wegwerpend gebaar met zijn hand. 'Maar wie ben ik om te oordelen als je mijn werk voor me wilt doen? Ga je gang, tortelduifjes. Ik wacht wel af.'

En met die woorden verdween de djinn met een zachte knal uit het zicht.

Tanika bleef volkomen stilstaan en staarde in het donker naar de plek waar haar demon net nog stond. Ze voelde zich licht in haar hoofd. Eerst was ze nog aan het bijkomen van de ontdekking dat Elim haar adoptieouders had geregeld, wat haar hele beeld van haar jeugd op zijn kop zette. Daarna kreeg ze weer een klap te verwerken toen de demon Birdie fysiek bedreigde, wat betekende dat ze nog een relatie zou moeten verbreken om haar vriendin te beschermen. En tot slot was er dat hele gedoe over dat Ophir haar als zijn partner wilde.

Dat laatste was nog het moeilijkst van alles om te geloven. Partner klonk een stuk permanenter dan echtgenoot.

Aarzelend liep ze naar de lichtschakelaar en deed het grote licht aan. De ontstelde uitdrukking op Ophirs gezicht vertelde haar dat hij net zo in shock was als zij. Haar hartslag voelde zwak en onregelmatig aan toen ze fluisterde: 'Waar heeft hij het over?'

Ophir ging op de rand van het bed zitten en liet zich toen achterovervallen alsof hij zichzelf niet langer overeind kon houden. Terwijl hij naar het plafond staarde, zei hij: 'Achthonderd jaar lang heb ik stervelingen zien komen en gaan. Ik heb geleerd om afstand te houden, om me niet te hechten. Alles waar ik van droomde was naar huis gaan, om dit rijk van sterfelijkheid en dood voorgoed te verlaten.' Hij draaide zijn hoofd op het dekbed om haar met zijn blik te doorboren. 'En toch merk ik nu dat ik het niet kan verdragen om ook maar één microseconde van jouw zeer korte leven te missen.'

Zijn woorden stelden haar hart bloot aan een onbekende kwetsbaarheid: hoop. Ze kreeg even een beeld in haar hoofd van een huis en een tuin, Ophir die aan het voetballen was met de kinderen, picknicks met het gezin. Een gelukkig leven. Hij had net zo goed trouwbeloften kunnen uitspreken.

Ze schudde haar hoofd heftig, in een poging de dagdroom te verdrijven. Waar dacht ze aan? Djinn hadden waarschijnlijk niet eens bruiloften. 'Alsjeblieft, doe dat niet. Ik kan het niet. Je weet dat ik het niet kan.'

Hij ging weer rechtop zitten, met een gezicht zo hard als staal. 'Je kunt het wel als we het portaal vernietigen.'

Haar mond viel open. Om de een of andere reden had ze geloofd dat het vernietigen van een portaal onmogelijk was. Maar Ophir was het bewijs dat het kon. 'Zal dat hem dan niet gewoon bevrijden, net als jij?'

'Niet als je het vernietigt terwijl hij aan de andere kant is.'

'Zou hij niet een ander portaal kunnen vinden en terugkomen om wraak te nemen?'

'Portalen zijn uiterst zeldzaam. Ik betwijfel of Elim ooit nog een manier zal vinden om de aarde te bezoeken.'

Ze beet op haar lip en dacht na. Was het genoeg om de demon te verbannen? Hoeveel langer kon ze haar wens nog weerstaan, vooral nu Ophir haar verleidde door alleen al aanwezig te zijn? Ophirs plan betekende dat Elim de mensheid een lange, lange tijd niet lastig kon vallen. Mogelijk voor altijd. Het betekende ook dat hij zijn enige weg naar huis zou vernietigen. Ze schudde haar hoofd. 'Ik kan je niet vragen om dat te doen.'

'Je vraagt het me niet. Ik vraag het jou. Trouw met me, Tanika.'

Haar knieën begonnen te trillen, de kamer draaide om haar heen. Ze wankelde naar voren en ging hard op het matras naast hem zitten. Hij trok haar naar zich toe en streek met zijn vingertoppen zachtjes een krul uit haar gezicht. 'Ik weet dat dit plotseling is. Het is voor mij ook plotseling, maar een djinn weet wanneer hij zijn partner heeft ontmoet. Als je me wilt hebben, zal ik voor de rest van de tijd van jou zijn.'

Er kwamen tranen in haar ogen en ze knipperde heftig om weer helder te kunnen zien. Ze wilde deze prachtige, geweldige man niet uit het oog verliezen, die meer was dan ze ooit had durven hopen in een echtgenoot. Behalve één ding—hij was niet menselijk. Hij had haar er net aan herinnerd dat hij meer dan achthonderd jaar oud was. Ze wist dat djinn onsterfelijk waren, maar ze had nog nooit nagedacht over het feit dat zij en Ophir nooit samen oud konden worden. De gevolgen van dat feit benamen haar de adem. 'Je bedoelt voor de rest van mijn leven. Als ik er niet meer ben, zul jij hier op aarde gevangenzitten, alleen.'

Hij schudde zijn hoofd. 'Djinn paren maar één keer en partners zijn op vrijwel dezelfde manier aan elkaar gebonden als jij en Elim nu.'

Of haar borstkas was gekrompen, of haar hart was gezwollen, want er leek niet genoeg ruimte meer over te zijn in haar borst. 'Je bedoelt dat jij dan ook zult sterven?'

Hij haalde zijn schouders op en keek weg. 'Ja.'

'Nee!' Ze ging rechtop zitten en hield zijn hoekige wang vast. Hij pakte onmiddellijk haar hand in de zijne en draaide zijn gezicht om haar handpalm te kussen. Zijn adem was warm op haar huid. Levend. Meer dan levend. Hij was onsterfelijk. Iets waar mensen van droomden. Waar ze plannen voor smeedden. Ze voelde zich misselijk worden terwijl ze koortsachtig haar opties afwoog. 'Je vervult wensen. Kun je mij niet onsterfelijk maken?'

Met zijn lippen nog steeds tegen haar handpalm gedrukt glimlachte hij, maar zijn ogen stonden vol verdriet. Hij trok haar weer tegen zich aan zodat haar wang tegen zijn borst rustte. 'Echte onsterfelijkheid schenken ligt buiten mijn macht. Het dichtstbijzijnde wat ik zou kunnen doen, is je leven keer op keer verlengen.' Zijn stem klonk breekbaar. 'Ervan uitgaande dat je een gewillige menselijke ziel zou kunnen vinden om de prijs te betalen.'

Ze verstijfde toen ze dacht aan het offer van haar moeder. Ze werd weer misselijk. 'Heb je zo'n wens al eens eerder vervuld?'

'Nee.' Hij kneep bemoedigend in haar hand. 'Ik wist dat de mogelijkheid bestond, maar ik heb het nooit als oplossing genoemd wanneer een meester om onsterfelijkheid vroeg.'

Ze draaide zich om en keek hem in zijn gezicht. 'Maar je hebt het mij net wel verteld.'

Zijn chocoladebruine ogen ontmoetten de hare. 'Ik maak me geen zorgen dat jij zo'n deal zou sluiten.'

Ze slikte, de drang om hem te kussen deed haar mond tintelen. Zijn hartslag was krachtig onder haar wang. Hij kende haar goed, ondanks het feit dat ze elkaar pas net kenden. Ze kon zich voorstellen dat ze de rest van haar leven met hem zou doorbrengen. Maar ze kon hem niet vragen om zijn onsterfelijkheid op te geven. Hij zou er uiteindelijk spijt van krijgen. Hij moest nadenken over wat hij aan het verliezen was. 'Vertel me eens over je thuiswereld.'

Zijn voorhoofd fronste alsof hij moeite had het zich te herinneren en hij zei: 'Het is onmogelijk om in menselijke taal te beschrijven. Een plek van golvende ether en ebbenhouten linten van plasma. Djinn zijn wezens van energie. We volgen het plasma als reizigers op woonboten. We veranderen en handelen, en drijven handel in energie. Onze dimensie is een rijk van zielen, zo je wilt. Een portaal stelt ons in staat om een lichamelijk bestaan te ervaren.'

'Om een lichaam te hebben, bedoel je?'

'Ja.'

'Waarom zou je dat willen?'

'Energie is als een drug voor mijn volk. De overgang van materie naar energie en weer terug is de krachtigste ervaring die we kennen. Het absorberen van een menselijke ziel geeft een onbeschrijfelijke gelukzaligheid.' Zijn gezicht kleurde rood en hij keek weg, alsof hij zich schaamde om haar aan te kijken. 'Toen we de aarde eenmaal ontdekten en ervan geproefd hadden, was er geen weg meer terug. Ik denk... ik denk dat ik geluk heb gehad dat ik hier lang genoeg ben om de verslaving te doorbreken. Om mens te worden.'

Ze besefte dat hij het meende. Hij wilde niet terug naar hoe hij was geweest. Ze fluisterde: 'Als het portaal eenmaal weg is, zit je hier gevangen.'

Hij drukte zijn lippen op haar voorhoofd. 'Ik kan me geen dag herinneren dat ik niet naar een portaal verlangde, maar nu zou je me er met geen mogelijkheid meer doorheen krijgen.' Hij trok zich iets terug en tilde haar kin op, terwijl hij haar diep in de ogen keek. 'Een sterfelijk leven met jou, Tanika, zou elk moment waard zijn.'

Zijn intensiteit maakte haar zenuwachtig. Ze had zo lang in ontkenning geleefd dat ze zich ongemakkelijk voelde bij het idee dat haar wens vervuld zou worden. 'Wat als ik nee zeg?'

Hij trok een gek gezicht en beet toen zachtjes in haar neus, waardoor haar angst omsloeg in gelach. 'Je komt niet zo makkelijk van me af. Ik blijf in de buurt om je uit de problemen te houden, of je me nu wilt of niet.'

Ze sloeg haar armen om zijn middel en kneep stevig, terwijl de harde contouren van zijn lichaam tegen het hare drukten. De toppen van haar borsten deden pijn op de plek waar ze tegen hem aan gedrukt werden.

Hij liet zijn handen over haar ruggengraat naar beneden glijden en kneedde haar billen, terwijl hij haar nog dichter tegen zich aan trok. De vertrouwde aanraking van haar lichaam deed haar binnenste trillen. Ze ging dit doen. Ze ging haar wens accepteren.

Ze bracht haar hand naar de zoom van zijn shirt en gleed ermee naar de gespierde lijnen van zijn rug, geschokt door haar eigen vrijpostigheid. Zijn huid trilde als reactie en ze voelde de aanzwellende druk van zijn lul tegen haar buik. Haar kern spande zich aan. Verwachting. Primitieve emoties kolkten in haar binnenste en de plek tussen haar benen werd ongewoon warm.

Hij boog zijn gezicht naar het hare en eiste haar mond op met veeleisende lippen. Terwijl hij met één hand haar nek vasthield, stootte hij zijn tong diep bij haar naar binnen, draaiend en verstrengeld met haar onzekere reacties. Ze was bang dat ze het verkeerd zou doen. Wat als ze hem niet kon plezieren? Ze had nooit een vriendje gehad om mee te oefenen.

Ophir leek het niet erg te vinden. Terwijl zijn dwalende hand een van haar borsten omsloot en haar gevoelige vlees masseerde, baande hij zich al kussend een weg over haar kaaklijn naar haar hals. Het contact stuurde schokken van verlangen door haar ruggengraat en zorgde voor vlinders in haar buik. Zijn hand verliet haar borst en gleed soepel naar haar heup. In één snelle beweging tilde hij haar blouse op en tilde haar van de matras om het kledingstuk over haar hoofd te trekken. Koele lucht tintelde over haar huid.

Nu hadden zijn handen vrije toegang tot haar torso en de warmte van zijn aanraking brandde op haar huid. Zijn vingers ontlokten haar korte kreetjes van genot telkens wanneer hij een borst omvatte of onder de tailleband van haar legging gleed. Zijn plagende vingers cirkelden over haar rug en maakten haar beha los. De plotselinge bevrijding van de elastische band voelde alsof al haar vlinders werden vrijgelaten. Ze vond het heerlijk. Terwijl ze uit de bandjes kroop, prikkelde haar huid onder zijn hongerige blik.

'Prachtig,' mompelde hij en hij rolde haar op haar rug. Hij boog zich voorover en liet zijn brede tong over een tepel glijden.

Vonken sloegen over; haar tepelhof trok samen en haar tepel werd onmogelijk hard, terwijl de andere borst om evenveel aandacht smeekte. Hij zoog eraan en speelde met de gevoelige top, en een rilling van puur genot schoot omlaag naar haar kern. Hij ging naar de andere borst en gaf die dezelfde behandeling, tot ze haar rug kromde en om meer smeekte.

Toen trok hij zich terug en een paar hartslagen lang voelde ze niets anders dan het gewicht van zijn starende blik. Ze opende haar ogen en keek in de zijne. De lust daarin was onmiskenbaar. Toch bewoog hij niet. Hij knielde alleen boven haar, met zijn benen aan weerszijden van de hare. De spanning nam toe. Werd ze geacht iets te doen? Ze liet haar blik zakken naar zijn kruis en haar binnenste trilde bij het zien van de bobbel in zijn jeans.

Zijn zwoele stem bereikte haar. 'Verlang je ergens naar, Tanika?'

'Ja.' Ze kon haar verlangen niet langer inhouden.

'Wat dan? Zeg het me.'

Ze sloeg haar ogen weer op en keek hem aan. Wilde hij dat ze erom vroeg? Dat ze smeekte? Dat ze nam?

'Je hebt nooit ja gezegd. Ik wil weten of je het zeker weet.' Zijn stem voelde als een liefkozing.

O. Ze likte haar lippen. 'Jou. Ik wil jou.'

Hij lachte een sexy, ondeugende lach. Langzaam knoopten zijn lange vingers zijn shirt los, waarbij zijn harde borstspieren en strakke buik zichtbaar werden. Zijn huid was glad, op een fijn streepje haar na onder zijn navel dat de weg wees naar de tailleband van zijn spijkerbroek. Hij wierp het shirt opzij, waarbij een vlaag mannelijke eau de cologne de lucht vulde, en toen hing hij boven haar, zijn naakte borstkas tegen haar stijve tepels. Ze bracht een onverstaanbaar geluid uit en kon nauwelijks ademhalen.

Steunend op zijn ellebogen nam hij haar gezicht in zijn handen en kuste haar, zijn tong diep naar binnen dringend terwijl haar handen zijn blote huid verkenden. Haar benen zaten nog steeds gevangen tussen zijn knieën en ze duwde haar heupen omhoog als een bloem die zich probeert te openen. Hij klemde zijn benen steviger vast, alsof hij haar maande te wachten, en bleef haar kussen, waarbij hij elke millimeter van haar mond verkende.

Langzaam begon hij heel zachtjes te wiegen en dreef hij hun naakte borstkassen tegen elkaar aan. Elke plagende wrijving over haar tepels deed haar kronkelen. Er groeide een behoefte diep in haar. Een diep, ondefinieerbaar verlangen naar zijn aandacht over haar hele lichaam. Maar de kus was zo betoverend dat ze niet wilde dat die eindigde.

Alsof hij haar frustratie aanvoelde, tilde hij een knie op en duwde die tussen haar benen. Ze kreunde van verrassing en daarna van genot toen hij zijn dij tegen haar clitoris wreef. Het pulseerde en bonsde, en ze klemde haar dijen om zijn been en bewoog haar heupen. Hij verhoogde zijn ritme om aan haar verlangen te voldoen en stootte tegen haar aan. Eén hand verliet haar gezicht en omvatte haar heup om haar stevig vast te houden en het contact met haar clitoris te versterken. Haar behoefte groeide. Ze steeg boven haar uit als iets fysieks. Ze sidderde op de drempel en stortte toen over haar heen.

Kreunend gaf ze zich over aan haar orgasme, terwijl haar benen trilden. Nog voordat de golf volledig was weggeëbd, verlegde hij zijn aandacht naar haar borsten; hij trok met zijn tong cirkels rond eerst de ene tepelhof en toen de andere. De zenuwbundels daar stuurden elektrische schokken van genot naar haar nog steeds kloppende kern, waardoor het orgasme als een lange zucht werd uitgerekt.

Zijn mond dwaalde van haar borsten naar haar buik en liet vochtige kusjes achter die prikkelden in de koele lucht. Hij doopte zijn tong in haar navel voordat hij verder naar beneden zakte. Haar legging gleed van haar lichaam en nam haar slipje mee, en ze lag volledig naakt voor hem. Hij knielde en blies warme lucht over haar clitoris. Ze rilde.

'Ophir,' kermde ze, niet wetend wat ze ermee bedoelde. Hij vatte het op als een vraag.

'Ja, mijn liefste?' Hij kuste de binnenkant van haar dij, wat nog meer tintelingen naar haar kern stuurde.

Ze kende geen schroom voor hem; zijn handen drukten haar dijen zachtjes uit elkaar en omhoog, waardoor hij volledige toegang tot haar kreeg. De aanraking van zijn vingers op haar schaamhaar deed haar sidderen. Toen gleed zijn tong tussen haar schaamlippen, omhoog vanuit de bron van haar verlangen over haar clitoris, cirkelend voordat hij weer omlaag dook. Ze hield zich stil, hijgend, wachtend. Hij cirkelde opnieuw rond haar clitoris, zette toen zijn lippen op het knopje en zoog. Ze boog haar rug terwijl een kreun van genot haar ontsnapte. God, hij wist precies hoe hij haar lichaam moest bespelen. Ze duwde haar geslacht steviger tegen hem aan, smekend om meer.

Hij morde en drukte zijn gezicht in haar kruis terwijl hij haar binnendrong met zijn tong. Ze was totaal aan hem verloren, greep plukken van zijn haar vast en tilde haar benen hoger op om hem te ontvangen. Zijn handpalmen masseerden haar dijen, terwijl zijn duimen cirkelden over de gevoelige plek waar haar billen haar benen raakten en in de plooi langs beide kanten van haar kutje. Hij zoog en beet tot ze zich op niets anders meer kon concentreren dan op de noodzaak om weer klaar te komen.

Een van zijn handen verliet haar dijen en hij drukte een vinger in haar, glijdend naar binnen en naar buiten tot haar kern zich om hem heen spande. Ze jammerde en kronkelde, onzeker of ze weg moest vluchten of om meer moest smeken. Hij stootte harder, dieper, voegde een tweede vinger toe en zoog krachtig.

Een volgend orgasme zweepte door haar heen, golven die van diep vanbinnen kwamen en haar hele lichaam overnamen, haar doorvlochtend met stuiptrekkingen van genot.

Toch was het niet genoeg. Het was niet compleet. Hijgend reikte ze naar hem, verlangend naar alles. 'Alsjeblieft. Neuk me.'

Zijn blik vol lust ving de hare terwijl hij boven haar knielde. Met een zwaai van zijn hand verdween zijn jeans in het niets, en hij verscheen voor haar in zijn volle, naakte glorie, zijn lul dik en kloppend. Een moment van angst overviel haar. Hij zag er zo groot uit. Zo hard. Maar toen lag hij boven op haar, terwijl zijn erectie haar vochtige spleet plaagde en hij haar opnieuw suste met zijn kussen.

Ze klemde haar handen steviger om zijn schouders en wiebelde met haar heupen. Zijn lul was zo heet, zo hard. En ze wilde hem. Ze wilde hem helemaal. De gladde, ronde eikel rustte bij haar ingang, drukkend, maar nog niet binnendringend. Ze boog haar rug naar hem toe, haar lichaam gespannen van verwachting en noodzaak. Zo dichtbij. En toch bleef hij onbeweeglijk. Hijgend.

'Weet je het zeker?' vroeg hij.

'Ja,' hijgde ze. 'Alsjeblieft.'

Hij kuste haar op hetzelfde moment dat hij naar voren stootte. Ze hapte naar adem; de scherpe brand was zowel een verrassing als een opluchting. Hij voelde onmogelijk groot en toch onmogelijk passend. Hij vulde een leegte in haar, maakte haar compleet op een manier die ze nooit voor mogelijk had gehouden. Haar hart ging tekeer en ze hapte naar adem.

'Je voelt zo goed.' Hij trok zich iets terug en rolde met zijn heupen om meer van zichzelf in haar te werken. 'Doe ik je pijn?'

Ze schudde haar hoofd en zuchtte, terwijl ze hem accepteerde, hem wilde, hem omsloot. Ze genoot van het branderige gevoel terwijl hij verder in haar gleed. Hij pauzeerde, terwijl hij slechts gedeeltelijk in haar was, en streek langzaam met zijn tong langs haar lippen. Wiegend rekte hij haar op, gleed in haar, waarbij elke stoot hem dieper bracht. De aanslag op haar zintuigen was onmogelijk te weerstaan. Ze spreidde haar benen zo ver als ze kon om hem te verwelkomen. Met nog één gestage duw rustten zijn heupen met een bevredigende finaliteit tegen de hare.

'Perfect,' hij liet zijn hoofd hangen en hijgde. 'Alles aan jou. Zo perfect.'

Ze sloeg haar armen om zijn schouders en hield hem stevig vast, genietend van de onbeschrijfelijke sensatie van hun vereniging. Het ontzag hem in haar te voelen duurde slechts een moment. Toen trok hij zich terug en stootte opnieuw. De brand was minder en werd nu overheerst door lust. Zijn langzame bewegingen zetten haar op een andere manier in vuur en vlam dan zijn mond of zijn vingers. Een voller, completer gevoel.

Hij stootte in en uit terwijl zij meebewoog om hem op te vangen totdat zijn huid tegen de hare kletste.

Ze kreunde telkens wanneer hij zich diep in haar begroef, en zijn gehijg dreef haar tot waanzin. Haar kern spande zich om zijn lul, de brand en pijn waren allang vergeten. Duizeligheid nam haar over en elke zenuw leek geprikkeld. Hij tilde haar hoger dan ze het voor een menselijk lichaam mogelijk had gehouden. Ze kon niet ademen. Kon niet bewegen. Haar lichaam leek vast te zitten op de rand van haar orgasme.

Hij kreunde haar naam en drong op de een of andere manier nog dieper in haar door. Ze wankelde, golven rolden door haar heen, door haar hele lichaam, waardoor ze begon te beven. Met een grunt stootte Ophir nog een laatste keer. Hete schokken van zijn ontlading vulden haar, en elke puls van zijn lul stuurde een nieuwe rilling van samentrekkingen door haar lichaam. De rollende golven leken een eeuwigheid te duren; hun gezamenlijke ontlading eindigde pas nadat hij haar alles had gegeven.

De wereld om haar heen kreeg weer vorm. Ophirs hete, gladde huid op de hare. Zijn hijgende adem in haar oor. Het geruststellende gewicht van hem boven op haar. Haar ademhaling vertraagde. Vrede vulde haar. Tevredenheid. Wat ze zojuist hadden gedeeld was niets minder dan wonderbaarlijk.

'Mijn prachtige, perfecte Tanika.'

Ze slaakte een diepe zucht. 'Dat was... dat was...'

'Verbinding. Dat is wat het was. Ik ben aan jou verzegeld. Rust nu maar uit en laat me je vasthouden.'

Ze rustte inderdaad uit, veilig en in vrede voor de eerste keer sinds ze haar vreselijke wens had gedaan.

HOOFDSTUK 10

Ophir rolde van Tanika's lichaam af en het gemis van haar warmte was scherp. Onmiddellijk. Hij trok haar tegen zijn borst aan en herwon de geborgenheid die hij in haar armen had gevonden. Ze mompelde wat en nestelde haar heerlijke achterwerk tegen hem aan. Hij wilde hier voor eeuwig blijven. Maar ze hadden nog één laatste ding te doen.

Hij fluisterde in haar oor. 'Word wakker, lieverd. We moeten nog een portaal vernietigen.'

Ze krulde zich nog strakker op als een bal. 'Nu al?'

Hij reikte omlaag en kneep in haar billen, hard genoeg om haar een kreetje van verrassing te ontlokken, maar niet hard genoeg om haar echt pijn te doen. 'Ja, nu. Je wens is vervuld. Hij zal de eerste de beste kans grijpen om het portaal aan een nieuwe meester over te dragen.'

Ze schoot overeind, de welving van haar borsten verlicht door de zwakke gloed van de dageraad buiten haar slaapkamerraam. 'Maar de bank is gesloten.'

'Geen beter moment om in te breken, toch?'

Met een twinkeling in zijn ogen stond hij op en toverde zijn kleren weer op hun plek. Zij haastte zich om de hare te pakken en hij grijnsde terwijl hij toekeek hoe ze haar benen in haar legging schoof.

'Je zou best kunnen helpen, hoor,' morde ze.

'En je goddelijke rondingen missen? Dacht het niet.'

Ze liep zo rood aan als de zonsopgang buiten.

Toen ze allebei aangekleed waren, leidde hij hen naar de cabriolet en hielp haar in haar stoel voordat hij haar om de routebeschrijving vroeg.

'We moeten naar Redmond.'

Hij kneep in haar knie en reed naar een nabijgelegen donutwinkel.

'Waarom stoppen we?' vroeg ze.

'Ik ga veel energie verbruiken om een smeltkroes te creëren die heet genoeg is om het portaal te doen smelten. Wat koolhydraten laden zal helpen.' Terwijl de vermoeide jongeman achter de toonbank twee bekers koffie vulde, koos Ophir een dozijn donuts uit. 'Wat is je favoriet?' vroeg hij aan Tanika.

'O, voor mij niets, bedankt.'

Hij gaf de jongeman een fooi van honderd dollar en overhandigde de doos met gebak aan Tanika, zodat hij zijn koffie kon overgieten met suiker. Ze snoof de geur van de doos diep op en kreunde. 'Alleen al het vasthouden hiervan zorgt ervoor dat ik tien kilo aankom, weet je dat?'

Bij het passagiersportier hield hij de sleutels voor haar neus en nam de doos weer van haar over. 'Wil jij rijden, zodat ik kan eten?'

Haar ogen lichtten op. 'Rijden? Ik? Dit lijkt in de verste verte niet op mijn Ford Escort.'

'Je zult het prima doen.' Hij nam een hap van een Berliner bol; de friszoete room stroomde over zijn tong en het deeg smolt in zijn mond. Hij hield hem bij haar mond. 'Probeer dit eens. Alleen een hapje.'

Ze likte haar lippen, aarzelde en boog toen voorover om een bescheiden hapje te nemen. 'O, hemel.' Ze sloot haar ogen en liet haar hoofd tegen de hoofdsteun rusten. 'Dat is verrukkelijk.'

Hij propte de rest in zijn mond en reikte naar de volgende, terwijl hij de langzaam opbouwende energie in zijn botten voelde trekken.

'Ga je ze echt allemaal opeten?'

Hij wiebelde met zijn wenkbrauwen en knikte, geamuseerd door haar afkeurende toon.

'Mazzelkont.' Ze zette de auto in de versnelling, reed behoedzaam de parkeerplaats af, zette haar richtingaanwijzer aan en keek twee kanten op voordat ze de bijna lege straat opdraaide.

Hij lachte met een mond vol jamdonut. 'Je hoeft niet zo voorzichtig te zijn.'

'Met de auto? Of met de donuts?'

'Met allebei.' Hij hield de donut naar haar toe en dit keer nam ze een flinke hap. Frambozenvulling zat op de hoek van haar perfecte mond. Hij boog zich naar haar toe om het weg te likken, verrukt door de manier waarop ze zich naar hem toe draaide om de beweging in een kus te veranderen. Na een lang moment trok ze zich terug om op adem te komen en wees vermanend met haar vinger naar hem.

'De chauffeur niet afleiden.' Een glimlach sierde haar gezicht terwijl ze het gas intrapte, waardoor ze naar voren schoten.

Ze bereikten Redmond in recordtijd, waar het bakstenen gebouw van de bank, twee verdiepingen hoog, een lange schaduw over de weg wierp. Tanika draaide de parkeerplaats op en stopte in een verre hoek onder een enorme eik. Ze zette de motor af en keek om zich heen. 'Iemand gaat deze auto opmerken.'

Ophir gaf haar de laatste hap van een maple bar en kuste toen de plakkerigheid van haar lippen, waarbij hij net zo van haar smaak genoot als van de donut. 'Maak je daar maar geen zorgen over.' Hij opende de deur en stapte uit. 'Je kunt de sleutels zelfs laten zitten. Alleen de mensen van wie ik wil dat ze mijn auto zien, zien hem. Kom mee.'

Hij pakte haar hand, liep naar de voordeur, maakte een gebaar met zijn vingers en de sloten sprongen open. Hij had de beveiligingscamera's en alarmen uitgeschakeld zodra hij het bord van de First National zag. Gelukkig waren dit allemaal kleine spreuken. Hij zou elke reserve nodig hebben zodra ze bij het portaal waren.

'Hoe zit het met de bewaker?' vroeg ze.

'Hij slaapt.' Hij hield de zware glazen deur open en liet haar voorgaan. De bewaker in slaap sussen was een behoorlijke opgave geweest, maar wel noodzakelijk.

Ze sloop naar voren en keek schichtig om zich heen, wat hem deed glimlachen. Hij deed geen moeite om de echo van zijn voetstappen op de marmeren vloer te verbergen en bleef net ver genoeg achter haar om haar sexy billen te bewonderen, die wiegden bij elke voorzichtige stap die ze zette. Langs de loketten met hun antieke, smeedijzeren hekwerk, door een korte gang versierd met sierlijsten en om een hoek naar de stalen kluisdeur.

Hij hield even in en zei: 'Ik moet weten hoe groot het portaalobject is en waarvan het gemaakt is.'

Ze keek hem aan met diepe bezorgdheid in haar ogen.

Hij stak zijn hand uit, streek over haar wang en trok haar in een kus. 'Het komt goed. Ik ga een smeltkroes maken. Je hoeft alleen maar het portaal erin te laten vallen.'

'Is dat alles?'

Hij knikte. 'Het zal het metaal doen smelten en de kristalstructuur, die het kracht geeft, vernietigen.'

Ze haalde trillend adem. 'Een gouden hanger. Ongeveer zo groot als een walnoot.' Met een zachte stem voegde ze eraan toe: 'Zeg me alsjeblieft dat dit gaat werken.'

Haar woorden raakten hem. Hij boog zich voorover en kuste haar nogmaals, zachtjes, vol eerbied. 'Ik zal je nooit in de steek laten.'

Hij liet haar los, plaatste beide handen op de wielvergrendeling en draaide tot er een doffe klik klonk. De deur zwaaide geruisloos open. Binnen stonden rijen en rijen kluisjes langs de muren.

Tanika liep rechtstreeks naar de linkerwand en haalde haar sleutel tevoorschijn. 'Er is ook een sleutel van de bankmanager voor nodig.'

'Laat maar. Wijs me gewoon het juiste kluisje aan.'

Ze wees het aan en hij sprak een openingsspreuk uit over het slot. Zijn hart bonsde in zijn oren. Alles hing ervan af of dit lukte voordat Elim doorhad wat er aan de hand was. 'Je hebt je sleutel niet nodig. Houd je klaar om hem te openen. Ik ga nu een smeltkroes toveren.'

Hij sloot zijn ogen, riep de wervelende poel van energie uit zijn onderbuik op en concentreerde die op harthoogte vlak voor hem. Hitte vulde de ruimte, uitstralend vanuit het gloeiende stipje dat daar zweefde. Hij opende zijn ogen en staarde naar de groeiende cirkel van licht, terwijl hij met zijn wilskracht probeerde er een piepkleine, verblindende zon van te maken. Hij wierp een blik op Tanika en knikte, terwijl elke vezel van zijn aandacht gericht was op de broeiende hitte.

Tanika trok de lade naar buiten en hannesde met de klapdeksel. Ze haalde er een zwart fluwelen zakje uit en liet de zware lade met een klap op de vloer vallen. Hij kon de energie van het portaal voelen, de naar anijs geurende zoetheid van de magie ruiken. Maar die magie had geen macht meer over hem. Ophir ademde diep door zijn neus en stortte al zijn kracht in de smeltkroes. Het volhouden van zo'n enorme energie-output kon hem doen instorten. Tanika moest opschieten. Ze worstelde met het trekkoord van het zakje en hij riep: 'Het hele ding!'

Besef drong tot haar door en ze wierp het hele zakje in de wervelende hitte. Het fluweel ging op in een wolkje donkere rook. In het centrum van de smeltkroes werd de hanger in een oogwenk donker, gloeide toen rood op en daarna goudwit.

Toen hij zeker wist dat de structuur volledig was gesmolten, verbrak Ophir de energiestroom. Het gesmolten goud bleef nog even zweven, gevangen in de kracht van de restenergie. Daarna viel het als een reusachtige traan op de vloer, waar het met een spat neerkwam.

Tanika sprong naar achteren om de gloeiendhete spatten te vermijden. Ophir deed een stap naar voren, bezorgd dat ze zich gebrand had. Hij mocht dan immuun zijn voor de hitte, hij had haar moeten waarschuwen. Hij had nog geen stap gezet toen zijn benen het begaven en hij voorover op de harde tegels viel terwijl de wereld om hem heen zwart werd.

HOOFDSTUK 11

Tanika dacht dat ze sterk was. Een flinke meid. Ze zou in staat moeten zijn een man over een volkomen vlakke, gladde vloer te slepen. Maar nee. Ophirs grote postuur had net zo goed dat van een olifant kunnen zijn. Haar ballerina's weigerden grip te vinden op het hoogglansgepolijste marmer en ze werd gedwongen ze uit te trekken, terwijl ze bad dat de politie niet in staat was om iemand te identificeren aan de hand van teenafdrukken.

Zelfs op blote voeten kostte het haar een eeuwigheid om hem tot aan de kluisdeur te schuiven. Ze pauzeerde even om op adem te komen en staarde de ruimte met kluisjes in. Klodders gestold goud kleefden aan het marmer en een barst ontsierde de tegel waarop haar metalen kistje was gevallen. Het deksel van het kistje was verbogen, maar ze was erin geslaagd het terug in zijn vak te duwen terwijl ze wachtte tot Ophir weer bij bewustzijn kwam. Toen dat niet gebeurde, had ze geen andere keuze dan hem zelf te verplaatsen.

Ze knielde naast hem neer en streek met haar vingertoppen over zijn wenkbrauwen. Ze had niet gedacht dat een djinn bewusteloos kon raken. Begon de sterfelijkheid hem nu al parten te spelen? Haar maag kromp samen van spijt. Hij was van haar, en nu was het haar beurt om voor hem te zorgen. Ze moesten hier weg voordat de bank openging over… ze wierp een blik op haar telefoon. Veertig minuten. *Shit!* Ze greep zijn pols en trok opnieuw, waarbij ze hem centimeter voor centimeter over de vloer sleepte tot hij over de drempel van de kluis was.

Ze stapte over hem heen, legde zijn benen opzij en duwde de zware metalen deur dicht, waarna ze aan het vergrendelingswiel draaide. Wat zouden de werknemers denken als ze hier aankwamen? Ze schudde haar hoofd. Ze moest erop vertrouwen dat Ophir hun sporen kon uitwissen—dat hij op de een of andere manier *nog steeds* hun sporen aan het uitwissen was. Er waren tenminste nog geen alarmen afgegaan.

Ze greep zijn pols en trok opnieuw, vorderend tot aan de hoek van de korte gang die naar de centrale hal leidde. Ophirs heup bleef achter de hoek haken toen ze probeerde de bocht om te gaan, en ze moest zijn riemlus lostrekken van de plek waar die achter de sierlijke koperen hoekplaat van de plint was blijven steken. *Stomme, chique bank.*

Het zweet liep tussen haar schouderbladen. Ze trok harder, maar al te bewust van de tikkende klok die door de hal galmde. Iemand zou elk moment kunnen arriveren om de bank te openen. Ze liet zich op haar knieën zakken naast Ophir en klopte op zijn wangen. 'Ophir, word wakker.' Ze gaf hem een hardere tik. 'Word wakker!'

Zijn ogen draaiden weg onder zijn oogleden. Toen spleten zijn wimpers zich, nauwelijks een millimeter. Hij mompelde iets onverstaanbaars.

'We moeten hier weg. De bank gaat bijna open en ik kan je niet snel genoeg de rest van de weg slepen.'

Een rilling trok over zijn huid en leek tot in zijn botten door te dringen. Daarna rolde hij op zijn zij en drukte zich omhoog op wankele benen. Van opluchting werden haar knieën slap. Ze zette haar schouder onder Ophirs arm en leidde hem naar de deuren, de trap af, de felle ochtendzon in.

Aan de overkant van de straat jogde een man met zijn aangelijnde hond. Een pick-uptruck stoof voorbij, terwijl er countrymuziek uit de open ramen galmde. Niemand leek aandacht te schenken aan twee mensen die over de lege parkeerplaats strompelden.

Terwijl ze haar keuze voor de parkeerplaats vervloekte, hielp ze Ophir de enorme lap asfalt over naar de cabrio. De kap was dicht en ze fronste haar wenkbrauwen omdat ze zich niet herinnerde dat Ophir hem dicht had gedaan. Maar ze was zo bang geweest; hij had de bank wel op zijn handen kunnen binnenlopen zonder dat ze zo'n detail had opgemerkt. Terwijl ze de auto naderden, vouwde het stoffen dak zich als een accordeon naar achteren, waardoor het interieur zichtbaar werd.

Elim zat op de bestuurdersstoel.

HOOFDSTUK 12

Tanika slaakte een halve gil en Ophir viel bijna om door het plotselinge verlies van haar steun. Hij dwingde zijn troebele ogen om scherp te stellen en wist zich met één hand vast te grijpen aan de bovenrand van de voorruit van de cabriolet. Tanika herhaalde steeds maar weer: 'Nee, nee, nee...'

Elim grijnsde hem toe vanachter het stuur, zijn perfecte witte tanden even dreigend als giftanden. Zijn gezicht had zijn diepe rimpels verloren en het subtiele vuur in de diepten van zijn ogen gloeide met de gezondheid van een djinn. 'Waar gaan we nu naartoe?'

Ophir vond op de een of andere manier de kracht om overeind te komen en keek de djinn woest aan. 'Hoe kun jij hier in godsnaam zijn?' Hij had geen enkele magiestroom gevoeld uit het portaal vanaf het moment dat het uit de doos was gekomen totdat de smeltkroes het onbruikbaar had gemaakt. 'Dit zou niet mogelijk moeten zijn.'

'De koppigheid van mijn dierbare meesteres heeft me een paar dingen geleerd.' Elim keek Tanika zelfgenoegzaam aan. 'Een daarvan is dat ik geen portaal meer nodig heb om tussen werelden te reizen.'

Nog steeds wankelend door het energieverlies, probeerde Ophir zich te concentreren. Hij wist dat de smeltkroes hem veel kracht zou kosten, maar hij had erop gerekend dat hij direct na het voltooien van de klus niet veel magie meer nodig zou hebben. En hij had er nooit bij stilgestaan dat hij volledig buitenwesten zou raken. De arme Tanika had hem helemaal alleen naar buiten gesleept. Hij wendde zich tot haar. 'Gaat het?'

Haar lippen waren nog steeds gevormd naar het woord 'nee' en haar gezicht was asgrauw. 'Je beloofde dat hij aan de andere kant gevangen zou zitten.'

Schuldgevoel knaagde aan zijn borst. 'Dat zou hij ook moeten zijn. Ik begrijp het niet.' Zijn schuldgevoel sloeg om in woede, wat hem kracht gaf. Hij rechtte zijn schouders en keek Elim recht aan. 'Hoe doe je dit?'

Als een autocoureur kwam Elim overeind en zwaaide zijn benen over de autodeur, waarbij hij het voertuig tussen zichzelf en Ophir hield. Maar hij gedroeg zich niet bang. In plaats daarvan duwde hij zijn schouders naar achteren en schudde zijn hoofd alsof hij genoot van een zeebriesje. 'De kleinste verbinding met een aan de aarde gebonden djinn is blijkbaar al genoeg als anker.'

Ophir kookte van verontwaardiging. Hij had geen verschuiving van kracht gevoeld, maar deze methode van reizen tussen dimensies was nieuw voor hem. 'Gebruik je *mij*?'

Tanika zakte op haar knieën op het asfalt.

'Ik vraag me af wat mijn bereik zal zijn.' Elim keerde hem zijn rug toe en deed een paar stappen weg van de auto.

Tanika begon te snikken.

Ophir liep met grote passen om de motorkap heen, hoewel zijn benen protesteerden bij elke beweging. Hij moest met een andere deal komen, en snel ook. 'Wacht. Ik heb vragen.'

Elim hield halt en keek over zijn schouder met een flauwe glimlach op zijn lippen. 'Wat biedt u in ruil voor antwoorden?'

Verdomme, hij was hier niet klaar voor. Niet mentaal en niet fysiek. Had hij maar iets—wat dan ook—om als drukmiddel te gebruiken. Hij bleef staan en staarde de djinn indringend aan. 'Heb je toegang tot je volledige kracht?'

Lachend keerde Elim zich weer om en liep verder. 'De wens heeft me bevrijd. En nu, als u mij wilt verontschuldigen, ik geloof dat de politie is gearriveerd en ik wil niet betrokken raken bij uw puinhoop. Ik heb heel wat verloren jaren in te halen.'

Elim loste op in het niets op het moment dat er zwaailichten verschenen aan het einde van de straat, die in de richting van de bank kwamen.

Ophir wankelde terug naar Tanika en trok haar naar de auto. Zijn sluier zou ervoor zorgen dat de politie de andere kant op keek—een handige spreuk tijdens het rijden, en nu dubbel zo nuttig. Hij verbruikte een minuscuul fragment energie om de magie te versterken en vocht tegen de misselijkheid die daardoor opkwam. Kwam zijn buitengewone zwakte door meer dan alleen het creëren van de smeltkroes? Daar zou hij over na moeten denken, maar later pas. Hij duwde Tanika door het portier aan de passagierskant, net op het moment dat een politieauto met piepende banden tot stilstand kwam bij de trappen van de bank. De verfomfaaide bewaker begroette de agenten bij de glazen deur.

Ophir zakte weg in de bestuurdersstoel; Tanika zat er op de passagiersstoel net zo verslagen bij. Hij sloot zijn ogen en liet zijn hoofd tegen de hoofdsteun rusten. 'Dat ging vreselijk mis. Het spijt me zo, Tanika.'

Haar trillende ademhaling sloeg plotseling om in woede en ze begon met haar vuisten op zijn schouder te trommelen. 'Je zei dat hij niet terug zou kunnen komen!'

'Dat kon ik onmogelijk weten.' Zijn hart brak toen hij besefte hoe erg hij haar had verraden. Hoezeer hij de kracht van Elim had onderschat. Hij pakte haar vuisten vast, terwijl zelfverwijt hem het gevoel gaf dat hij duizend kilo woog. De liefde had hem impulsief gemaakt. Roekeloos. Hij had zijn plan beter moeten doordenken. Nadat hij in wezen zijn portaal was kwijtgeraakt, had Elim Tanika's onvervulde wens gebruikt om toegang te krijgen tot de aarde, dus het zou geen verrassing moeten zijn dat hij nog een andere draad kon vinden om te volgen. Een draad die Ophir hem bood. Ophir slikte, terwijl er een idee in hem opkwam. Een vreselijk idee, maar een dat zou moeten werken, gebruikmakend van het enige drukmiddel dat Elim hem had gegeven.

Hij klemde Tanika's gebalde vuisten tegen zijn borst. 'Ik denk dat we Elim nog steeds uit deze wereld kunnen verbannen.'

Ze staarde hem aan, haar borst ging heftig op en neer, de tranen stroomden over haar wangen. 'Hoe dan?'

Hij perste zijn lippen op elkaar, aarzelend om de oplossing hardop uit te spreken. Een oplossing die hem eindelijk zijn achthonderd jaar oude wens zou schenken. De wens die hij niet meer wilde. 'Als ik terugga, heeft hij geen kanaal meer.'

Haar mond viel open. 'Dat kun je niet doen! Je zei dat je voor altijd bij me zou blijven!'

'Ik weet het.' Hij staarde wezenloos door de voorruit. Elk molecuul in zijn lichaam deed pijn bij de gedachte dat hij haar moest verlaten. 'Maar we kunnen niet toestaan dat hij blijft.'

In de achteruitkijkspiegel zag hij een politieagent met toegeknepen ogen in de richting van de cabriolet kijken. Verdomme, hun argwaan was te sterk. Zelfs de sluier hield maar stand tot een bepaald niveau van aandacht. Elim zat waarschijnlijk in een nabijgelegen boom te kijken en te lachen. Tandenknarsend startte Ophir de motor, zette de auto in de versnelling en stoof weg, waarbij hij een stuk gras tussen de stoep en de straat vernielde. Zodra hij een paar straten verderop was, minderde hij weer vaart en draaide een lege oprit op.

Tanika wendde zich tot hem met gefronsde wenkbrauwen en zei: 'Ik zie een groot probleem. Zei je niet dat je een portaal nodig had? Je kunt niet terug zonder.'

Hij had dit overwogen toen hij voor het eerst tot dit besluit kwam. 'De zwakte die ik voelde, komt door meer dan alleen het creëren van de smeltkroes. Ik denk dat het door Elim komt. Hij gebruikte mij als anker tussen de aarde en onze wereld. Ik zou het pad terug naar de bron moeten kunnen traceren. Terug naar… huis.’ Het woord smaakte als gif op zijn tong.

Nog steeds op blote voeten sprong Tanika uit de auto en begon te lopen. Hij klom achter haar aan uit de wagen en zette het op een drafje om haar in te halen. ‘Waar ga je heen?’

‘Ik weet het niet. Ik wil gewoon dat dit allemaal ophoudt.’

Hij stopte en liet haar voorop lopen. ‘Ik heb je beloofd dat ik de aarde van zijn aanwezigheid zou bevrijden. En dat ben ik ook van plan.’

Haar passen haperden en haar schouders zakten naar beneden. ‘Het is niet eerlijk. Ik heb je net pas gevonden.’

In drie passen was hij bij haar, zijn hart was het roerend met haar eens. Toch kon hij hier niet bij haar blijven, niet met een mogelijk wraakzuchtige djinn die op haar joeg. De enige manier om zowel haar als de rest van de mensheid te beschermen, was door terug te gaan. ‘Ik moet dit doen. Hij is een gevaar voor jou en voor ieder ander die hij ontmoet.’

‘Is er geen andere manier? Zou een wens de

verbinding verbreken?' Ze keek hem aan met hoopvolle ogen.

Hij schudde zijn hoofd. 'We zijn immuun voor elkaars magie, weet je nog?'

Ze duwde met beide handpalmen machteloos tegen zijn borst. 'Ik wil niet hoeven kiezen tussen jou en hem! Wat ik ook doe, ik verlies!'

Hij spreidde zijn armen en voelde zich opgelucht toen ze erin viel en haar wang hard tegen zijn borst drukte. Terwijl hij zijn kin op haar hoofd liet rusten, ademde hij diep haar zoete geur van anijs en citrus in. 'Het spijt me zo.'

Er viel eigenlijk niets meer te zeggen. Dus hield hij haar vast terwijl ze huilde. Hij keek naar de pijnlijk blauwe lucht boven hen en haalde diep adem in de ochtendbries die gevuld was met de geur van gebakken spek en de rozenstruiken die tegen een tralie bij een nabijgelegen huis omhoog klommen. Hij liet zijn handpalmen langs Tanika's blote armen glijden en genoot van de fluweelzachte huid onder zijn aanraking. Al deze dingen zou hij verliezen wanneer hij weer louter geest zou worden.

Ze tilde haar kin op om hem in zijn gezicht te kijken. 'Er is geen andere keuze. Je moet gaan, hè?'

Hij knikte en drukte zijn lippen zachtjes tegen de hare. Haar prachtige gezicht vertrok weer van verdriet en ze begon opnieuw te huilen; hij klemde haar stevig tegen zich aan, wetend dat hij haar nooit meer zou willen loslaten. De wereld leek om hen heen stil te staan, tijd verloor elke betekenis, en toch was er nauwelijks tijd verstreken. Hij zou dit voor alle eeuwigheid in zijn geheugen bewaren. Ten slotte duwde hij haar zachtjes van zich af, terwijl hij haar armen nog losjes vasthield.

'Nu?' fluisterde ze.

Hij veegde met een duim het vocht onder haar oog weg en bracht het naar zijn lippen; hij proefde zout. Zelfs de verdrietige dingen zou hij gaan missen. 'Voordat hij de kans krijgt om een andere ziel te misleiden.'

Ze deed een stap naar achteren, haar lichaam verstijfd en haar ogen toegeknepen. De pezen in haar hals spanden zich aan door de ingehouden tranen. Ze hield haar rechterhand op en bekeek haar handpalm. 'Ik heb maar één hartlijn. Ononderbroken.' Ze hield hem voor zodat hij het kon zien. 'Ik hou van je, Ophir. Dat zal ik blijven doen tot het einde van mijn dagen.'

Zijn borst voelde zo beklemd aan dat hij zich afvroeg of het niet mogelijk was om daar op dat moment te sterven. 'En ik zal voor alle eeuwigheid van jou houden.'

Daarmee sloot hij zijn ogen en concentreerde zich op de dunne draad waarvan hij nu wist dat die er altijd was geweest. De draad die hem in staat had gesteld om kleine magie te verrichten, maar die nooit groot genoeg had geleken om een ziel door te laten. Hij putte diep uit de weinige energie die nog in hem over was, tastend naar de djinns in zijn rijk om hem te ankeren, zoals Elim had gesuggereerd. Er waren er daar genoeg om uit te kiezen. Hij rekte zichzelf verder uit dan hij ooit voor mogelijk had gehouden, voelde zijn cellen trillen, zijn moleculen oplossen... en zijn bewustzijn veranderen in energie.

HOOFDSTUK 13

Tanika staarde naar de plek waar Ophir nog maar een moment geleden had gestaan. Ze had haar djinn al een miljoen keer zien dematerialiseren. Het was altijd een opluchting geweest. Maar nu ze Ophir uit het bestaan zag vervagen, voelde het alsof de wereld in tweeën werd gescheurd en er niets dan een lege huls overbleef. Ze staarde weer naar haar handpalm. De sterke en ononderbroken hartlijn. De levenslijn die de lange curve van haar duim volgde.

Verdoofd liep ze naar de auto en stapte in. Ze reed terug naar de salon zonder precies te weten hoe ze daar gekomen was. Het beveiligingshek schoof zonder morren opzij, alsof het haar onvermogen om te protesteren aanvoelde. Binnen in de vertrouwde, donkere ruimte hield ze stil en staarde in de leegte.

Wat was ze aan het doen? Wat kon ze doen? Haar leven had geen betekenis meer. Geen wens om voor te leven. Geen wens om tegen te vechten. Elim was weg. Ophir was weg. Haar doel was weg. Zeker, ze had een geweldige nieuwe auto, maar die betekende weinig voor haar zonder de sexy man die erin had gereden.

Nog steeds in het donker plofte ze in haar stoel en staarde naar haar schimmige omtrek in de spiegel. Haar wens was ingewilligd. Maar niet vervuld. Betekende dat niet iets? Was Elim haar niet nog steeds iets verschuldigd?

Een vonk diep vanbinnen ontbrandde, als een vuur tegen haar borstbeen. Met toegeknepen ogen keek ze grimmig naar haar spiegelbeeld. Bij twee speldenprikjes lavendelkleurig licht draaide ze de stoel razendsnel om en keek achter zich. 'Hallo?'

Haar hartslag denderde in haar oren. Ze stond op, haastte zich naar de lichtschakelaar en zette de kamer in het volle licht. Ze was alleen. Ze keek weer in de spiegel. Haar door verdriet getekende ogen staarden terug. Ze moest het zich verbeeld hebben.

Terwijl ze haar hoofd schudde tot haar hersenen leken te rammelen, besloot ze de zaak klaar te maken voor de opening. Het was het enige wat ze nog had. Ze vroeg zich af of de verschrikkelijke spreuk van Elim de plek nog steeds bezoedelde en keek strak naar de klapstoeltjes bij het donkere raam en het sjofele fluwelen gordijn achter in de ruimte. Ze had de besmetting nooit gezien, dus ze wist niet goed waarom ze verwachtte die nu wel te zien. Nou ja, ze kon in ieder geval proberen de boel voor de zekerheid te reinigen.

Tegen de tijd dat Birdie enkele uren later arriveerde, was Tanika de laatste restjes van de salie-reiniging aan het luchten en de vloer met de hand aan het schrobben. Birdie moest haar stem verheffen om boven het zen-pianoconcert uit te komen dat luid uit Tanika's telefoon schalde. 'Ik weet dat je een vroege vogel bent, maar dit gaat een beetje ver, zelfs voor jou.'

Tanika kwam overeind op haar knieën en veegde met de achterkant van haar onderarm een verdwaalde krul van haar wang. Ze voelde zich er niet beter door. Het enige waar ze aan kon denken was een manier vinden om Ophir te bereiken. Een seance. Een lucide droom. Er moest een manier zijn. 'We hadden een reiniging nodig.'

'Als jij het zegt.' Birdie klikte op haar kitten heels over de pas schoongemaakte vloer en zette de muziek uit. 'Heeft dit iets te maken met je afspraakje van gisteravond?'

Gisteravond? Was het pas één dag geleden dat ze Ophir had ontmoet? Hoe had er zoveel kunnen gebeuren? Ze voelde zich alsof ze door de bliksem was getroffen en al haar emoties tot as waren verschroeid. Ze liet zich weer op handen en knieën zakken en ging verder met schrobben. 'Ik heb mijn zielsverwant gevonden.'

Birdie hapte naar adem en snelde naar haar toe, terwijl ze op Tanika's schouder sloeg. 'Hou op. Je zielsverwant?' Toen Tanika bleef schrobben, boog ze voorover en griste de spons weg. 'Omhoog. Nu.'

Niet in staat om de wil op te brengen om te vechten, stond Tanika op en strompelde naar haar stoel, haar knieën pijnlijk en nat. Opnieuw plofte ze neer, dit keer niet met haar gezicht naar de spiegel. Birdie zette een hand in haar zij en trok beide wenkbrauwen op. 'Je dropt niet zomaar een bom als het vinden van een zielsverwant om vervolgens niets meer te zeggen. Vertel nu.'

Tanika schudde haar hoofd. Birdie zou de waarheid nooit geloven. Maar een leugen was een onmogelijke opgave. 'Hij kan geen deel uitmaken van mijn wereld. Dus is hij weggegaan.'

Birdie's mond viel open van schok. 'Hij is weggegaan? Je hebt hem laten gaan? Waarom?' Haar blik werd streng. 'Is het omdat hij steenrijk was?' Ze liep naar voren en draaide Tanika's stoel naar de hare, waarna ze neerplofte om haar aan te kijken. 'Heeft hij jou verlaten, of heb jij hem verlaten?'

De stortvloed aan vragen zou Tanika normaal gesproken hebben doen lachen. Vandaag zorgde het er alleen voor dat haar kaak beefde en haar borstkas pijnlijk samentrok.

'Oh, hemeltje, het spijt me.' Birdie sprong op en rende naar haar toe om Tanika's schouders in een knuffel te trekken. 'Ik moet me niet zo met je zaken bemoeien.'

'Het is al goed.' Tanika snoof en leunde met haar hoofd tegen de troostende warmte van haar vriendin. 'Alles is gewoon te ingewikkeld om uit te leggen.'

'Zal ik je haar doen? Je ziet eruit alsof je wel wat verwennerij kunt gebruiken.'

Tanika knikte. Misschien zou wat lichamelijk comfort helpen om haar pijn te verzachten. Op dit moment had ze weinig anders meer over. Ze stond op en volgde Birdie naar de wasbak, leunde haar hoofd achterover en liet het hete water in haar hoofdhuid trekken. Birdie's vingers masseerden geurend schuim in haar krullen en Tanika sloot haar ogen, terwijl de tranen naar haar haarlijn lekten. Als Birdie het merkte, zei ze niets, ze neuriede alleen zachtjes en ging door met wassen.

De straal van het spoelwater was een weldadige ruis die Tanika verrassend rustgevend vond. Hypnotiserend. Birdie wrong haar haar uit en werkte conditioner in de punten.

De bel van de salon rinkelde en Birdie's vingers hielden even stil. 'Ik kom er zo aan!'

Haar vrolijke stem schudde Tanika uit haar semimeditatie. 'Dank je, Birdie. Ik kan het zelf wel afmaken. Ga maar naar de klant.'

'Ik kan wel wachten,' zei een mannenstem.

Tanika's hele lichaam verstijfde. Ze schoot overeind in de stoel en knipperde de straaltjes water uit haar ogen. Vlak bij de openstaande deur stond Elim.

Haar woorden stokten, vulden haar keel en sneden haar adem af zonder een geluid voort te brengen. Ze klemde haar handen om haar middel. Hoe kon hij hier zijn?

Elim nam haar van top tot teen op alsof ze onbeduidend was, en richtte toen zijn stralende glimlach op Birdie, met één hand uitgestoken alsof hij haar een hand wilde geven. 'Jij moet Birdie zijn. Ik brand van ongeduld om u te ontmoeten.'

'Nee!' Tanika schoot uit de stoel, onderschepte zijn uitgestoken hand en sloeg die opzij. Ze wendde zich tot Birdie. 'Ga weg. Onmiddellijk.'

Birdies gezicht verbleekte van schrik. 'Is alles wel goed?'

'Alsjeblieft, Birdie. Geen vragen. Ga gewoon.'

Terwijl haar blik heen en weer schoot tussen Tanika en Elim, haastte Birdie zich langs hen heen. 'Moet ik de politie bellen?'

'Nee. Ga hier gewoon zo snel mogelijk vandaan. Ver weg. Kom niet terug voor ik je bel.'

Birdie vluchtte naar buiten.

Tanika rechtte haar schouders en liep op Elim af tot ze neus aan borst stond en in zijn gezicht opkeek. ‘Hoe de hel flikt u dit?’

‘Dacht je dat mijn verbinding met de aarde via Ophir liep?’ Hij klakte met zijn tong en draaide zich van haar weg, waarbij hij de salon monsterde alsof hij hem voor het eerst zag. ‘Je hebt hier gereinigd. Ik vroeg me al af of je het ooit zou merken.’

‘Je zei dat jouw verbinding met een andere djinn je een portaal gaf.’

‘Nee, ik zei dat mijn verbinding met djinnbloed genoeg was voor een portaal.’

Haar maag kromp ineen. Djinnbloed. Ophir had geloofd dat zij er misschien een spoor van in zich had. ‘Is hij voor niets teruggegaan?’ De woorden kwamen raspend uit haar keel.

‘O, mijn arme Tanika. Zo verloren zonder een man.’

Haar wang vertrok en het vuur dat ze eerder tegen haar borstbeen had gevoeld, vlamde opnieuw op. ‘Ik ben verloren zonder mijn *zielsverwant*.’ Ze liep weer op hem af en prikte bij elk woord met een vinger in zijn borst. ‘U bent mij een wens verschuldigd.’

Zijn gezicht werd bleek. 'Rustig aan nu. Je—'

'Mijn wens was een levenspartner.'

Hij deinsde achteruit, beide handen omhoog houdend met de palmen naar voren. 'Ik zoek wel een nieuwe voor je. Geef me gewoon wat tijd.'

'Ik heb al een partner. Een partner voor de eeuwigheid. Wat ik niet heb, is mijn "en ze leefden nog lang en gelukkig".' Een plotseling besef trof haar. Hij *kon* zijn deel van de afspraak niet nakomen. Ophir was immuun voor zijn spreuken. Wat betekende dat in de wereld van de djinn, met hun regels over waarheid en het sluiten van deals? 'U hebt uw betaling vooraf aangenomen. En nu eis ik mijn deel op.'

'Ik kan hem laten zien hoe hij terug moet komen.'

'Dat zal hij niet doen. We hebben besloten dat het belangrijker was om van u af te zijn dan om bij elkaar te blijven. Zolang u in leven bent, zullen we onszelf dit ontzeggen.' Ze sloeg haar armen over elkaar; haar overwinning voelde als bitterzoete gal in haar keel. 'Volgens mij heet dat bij schaken schaakmat.'

Twee lampen aan het plafond versplinterden en Hij zwol op zoals hij dat zo vaak had gedaan om haar te intimideren. 'Ik hoefde me niet aan je te vertonen. Mijn bereik is inmiddels heel groot. Ik ben alleen teruggekomen om er zeker van te zijn dat het goed met je ging.'

'U bent teruggekomen om te zegevieren,' beet ze hem toe tussen haar tanden door. 'En ik wil mijn wens.'

Zijn gedaante begon te flikkeren, de paarse vonk in zijn ogen doofde als een kaars aan het eind van zijn lont. 'Dat kan niet. Tanika, ik smeek je. Je begrijpt het niet.'

'Ik zou u vragen om mama en oma terug te brengen, maar u kunt de doden niet tot leven wekken. Er is dus geen enkele manier waarop u uw schuld aan mij kunt terugbetalen, behalve met uw eigen leven.' Ze ontblootte haar tanden naar hem. 'Ik wil het. Nu.'

Zijn ogen werden groot, de vlam slonk tot minuscule speldenprikjes. Hij schudde zijn hoofd en opende zijn mond, maar er kwam geen geluid uit. In plaats daarvan groeide de ovaal die door zijn lippen werd gevormd. En groeide. Onmogelijk groot slokte het zijn gezicht op. Het veranderde voor haar ogen in een gat van nietsheid, alsof hij zijn eigen lichaam achterwaarts aan het inslikken was. Groter en groter werd de ovaal, hem naar binnen trekkend, Hem doen krimpen. Hem verzwelgend. Met een zwoegend geluid werd alles in een fluorescerende paarse lichtbol gezogen.

De bol zweefde daar, terwijl de vlammen erin oplaaiden en rondwervelden in patronen als pasgeboren sterrenstelsels. Ze deed een stap dichterbij, gefascineerd. Had ze gewonnen?

De bol schoot naar voren, recht in de brandende plek in haar borst, waardoor ze achterover op de koude, harde vloer sloeg.

Tanika werd wakker door zachte vingers op haar voorhoofd. Zonder haar ogen te openen, verkende ze elke vierkante centimeter van haar lichaam. Elke zenuw tintelde en ze kon het bloed door haar aderen voelen stromen. Ademhalen was een magnifieke ervaring, terwijl de zoete dropgeur van anijs haar neus vulde. Ze opende haar ogen en keek in een chocoladebruine blik.

Ophirs gezicht vertrok in een grijns. 'Word wakker, mijn liefste.'

Ze hapte naar adem. Knipperde. Ze stak een hand uit om de harde lijn van zijn kaak te volgen. Stevig. Warm. Haar hoofd rustte in zijn schoot, en de flikkerende TL-buizen van de salon belichtten zijn haar van achteren als een heiligenkrans. 'Droom ik?'

'Als jij droomt, droom ik ook.' Voorzichtig gleed hij onder haar vandaan en stond op, terwijl hij haar een hand aanreikte om haar overeind te helpen. 'Ben je sterk genoeg om te staan?'

Terwijl ze zijn hand vastgreep, stond ze op. Gemakkelijk. Lichtvoetig. Ze voelde zich levendiger dan ze ooit voor mogelijk had gehouden. 'Ik ben... in de war.'

Ophir trok haar dicht tegen zich aan en omhelsde haar. 'O, mijn briljante Tanika. Je weet niet wat je hebt gedaan.'

Ze schudde haar hoofd en sloeg haar armen stevig om zijn sterke middel. 'Ik weet het echt niet. Wil je het me uitleggen?'

Een lachje rommelde door zijn borstkas en vervulde haar met vreugde. Als dit de dood was, dan was het het mooiste wat haar ooit was overkomen. Hij kuste haar haar, toen haar voorhoofd, en drukte toen zijn mond dicht bij haar oor. 'Je hebt Elim gevangen in de deal der deals. Een onmogelijke schuld.' Hij trok zich net ver genoeg terug om haar in het gezicht te kijken. 'Een schuld die alleen kon worden terugbetaald met elke vezel van zijn wezen. Je bent nu onsterfelijk, mijn prachtige bruid.'

Haar benen weigerden plotseling haar gewicht te dragen, maar Ophir was daar. Hij ving haar op, droeg haar naar haar salonstoel en zette haar neer. Ze stamelde: 'Onsterfelijk? Wat betekent dat?'

'We kunnen tot in de eeuwigheid samen zijn.'

De hoop die in haar hart opzwol, dreigde te barsten. Ze schudde haar hoofd, ervan overtuigd dat ze moest dromen. Of dood was. 'Ik dacht dat geen enkele wens me ooit onsterfelijk kon maken.'

'Een gewone wens niet.' Hij grijnsde naar haar. 'Een menselijke ziel bevat niet genoeg energie voor zo'n wens. Maar de ziel van een djinn is een heel ander verhaal.'

De herinnering aan die paarse bol die zich in haar nestelde, deed haar opnieuw wankelen. Ze schudde ongelovig haar hoofd. 'Heeft hij mij zijn onsterfelijkheid gegeven?'

Ophir knikte. 'Niet gegeven, precies. Meer een soort eerherstel. Het was de enige manier waarop hij zijn afspraak kon nakomen.'

Tranen overmanden haar en ze begroef haar gezicht in haar handen. 'Ik kan het niet geloven.'

Hij hield haar hoofd met beide handen vast en overlaadde haar haar en de handen die haar gezicht bedekten met kusjes, tot ze ze liet zakken en zijn aanraking op haar oogleden, wangen en lippen accepteerde. Hij ademde tegen haar aan, een levengevende sensatie. Terwijl ze zijn shirt met beide handen vastgreep, trok ze hem dichterbij en kuste hem echt. Haar lippen hongerig tegen de zijne, alsof deze ene kus de eeuwigheid moest duren.

Na een lang moment trok ze zich terug. 'Maar hoe kom jij hier?'

'Onze partnerband trok me aan, net zo onomstotelijk als elk portaal.'

Toen hij het zei, voelde ze de verbinding tussen hen, als een onbreekbaar lint om haar hart. 'Verbonden.' De opwinding maakte haar zenuwachtig. Ze wist niet goed waar ze moest kijken of wat ze moest doen. Had ze haar 'lang en gelukkig'? Echt waar? 'Kunnen we kinderen krijgen?'

'Natuurlijk.' Hij lachte zelfverzekerd. 'Maar één ding tegelijk, mijn lief. We hebben eerst een heel lange huwelijksreis om van te genieten.'

Het gerinkel van de winkeldeur trok Tanika's aandacht. Birdie stormde de salon binnen met mr. Daniels en een politieagent vlak achter zich. Birdie bleef stokstijf staan, haar wenkbrauwen gefronst toen ze Ophir naast de salonstoel zag knielen. 'O!'

De politieagent kwam de kamer binnen en keek bezorgd om zich heen. Tanika voelde een rimpeling van magie van Ophir uitgaan. De spanning in de kamer ebde weg. Mr. Daniels knipoogde en zei: 'Blij te zien dat jullie twee tortelduifjes het weer goedgemaakt hebben.' En met die woorden vertrok hij.

Met een tikje tegen zijn pet vertrok ook de politieman.

Birdie veegde een traan uit haar ooghoek en wuifde zichzelf koelte toe. 'O. Mijn. God. Ik wist dat hij voor jou bestemd was op het moment dat ik hem zag.'

Tanika gaf Ophir een zetje. 'Doe haar dat niet aan.'

'Wat doen?'

'Haar zo sentimenteel maken.'

Hij lachte en kwam overeind van zijn knieën. 'Dat doe ik niet, geloof me. Birdie is van zichzelf al sentimenteel genoeg.'

Terwijl ze een hand op haar hart hield, snelde Birdie naar de stoel tegenover die van Tanika. 'Jullie twee zijn perfect samen, precies zoals ik dacht.' Ze ging in haar stoel zitten en keek vol verwachting van de een naar de ander. 'Ik wil alles horen, van begin tot eind. Een liefdesverhaal, hier in onze Seancesalon.'

Tanika straalde naar Ophir, haar hart was licht nu ze aan hun toekomst dacht. Hun héle lange toekomst. 'Er valt eigenlijk niet veel te zeggen. Hij is voor mij teruggekomen. Dat is het enige wat telt.'

Ophir glimlachte terug. 'Zielsverwanten horen bij elkaar te zijn, verbonden voor de eeuwigheid.'

Tanika verstrengelde haar vingers met die van Ophir; de ingetogen aanraking verwarmde haar net zozeer als zijn vurige kussen. 'Ik ben zo blij dat je onze kleine salon hebt gevonden.'

'En ik ben zo gelukkig dat ik eindelijk mijn thuis heb gevonden.'

Geluk omringde haar op een manier die ze nooit voor mogelijk had gehouden.

EPILOOG

Tanika glimlachte toen Birdie weer een gekke bek trok en de mollige peuter die ze voor de spiegel hield, begon te kirren van het lachen. Kleine handafdrukken ontsierden het glas, samen met een paar kwijlplekken waar Theon zichzelf had gekust. Hij was het evenbeeld van Ophir, met donker haar, peilloze koffiebruine ogen en zelfs het begin van een kuiltje in zijn mondhoek. En als Birdies reacties een aanwijzing waren, stal hij nu al de harten van de dames.

'Kom maar hier, Theon.' Tanika stak haar handen uit naar haar zoon. 'Tante Birdie moet weer aan het werk.'

'Ik heb het nooit te druk voor dit kleine schatje.' Birdie liet een scheetgeluidje horen tegen de wang van het jongetje voordat ze hem overdroeg aan Tanika. 'Je brengt hem de laatste tijd niet vaak genoeg langs.'

'Ik zal proberen mijn leven te beteren.' Theons gewicht rustte in Tanika's armen en zijn vertrouwde, zoete babygeur vervulde haar met vreugde. Hij sloeg zijn armpjes om haar nek en gaf haar een natte kus op haar wang, wat bewonderend gekoer ontlokte aan de vrouw die in de stoel naast die van Birdie werd geknipt.

De salon gonsde van de activiteit en bloeide volop sinds de betovering die Elim erover had geworpen, was verbroken. De ooit zo kleine zaak besloeg nu bijna het hele blok en telde veertien kappersstoelen en een wellnessgedeelte achterin. Birdie runde de boel vrijwel in haar eentje, waardoor Tanika zich op haar jonge gezin kon concentreren. Tanika kwam alleen nog af en toe langs voor een aurareading bij een van haar oude klanten. Het was jammer dat het absorberen van Elims kracht haar niet het vermogen van een djinn had gegeven om wensen te vervullen, maar dat betekende niet dat haar eerdere gave om aura's te lezen minder echt was. Ze vroeg zich vaak af wanneer en of Theon krachten zou ontwikkelen, en of die op de hare zouden lijken of krachtiger zouden zijn, zoals die van zijn vader; Ophir zei dat het kind misschien wel helemaal geen krachten zou ontwikkelen.

Terwijl ze Theon op haar heup zette, nam Tanika haar tengere vriendin van top tot teen op en merkte ze op hoe mager ze eruitzag. 'Je zou eens op vakantie moeten gaan.'

'Zodra ik een knappe vent als Ophir vind om me in te smeren met zonnebrandcrème.' Birdie knipoogde.

Tanika kreeg een kleur toen de levendige herinnering aan haar laatste tripje naar een afgelegen strand met Ophir door haar heen stroomde. Er zaten duidelijke voordelen aan getrouwd zijn met een man die met zijn vingers kon knippen en je op elk gewenst moment naar elke plek ter wereld kon brengen.

De telefoon ging en Tanika zwaaide terwijl Birdie opnam. Ophir was in het café, waar hij zich waarschijnlijk tegoeddeed aan gebakjes. Ze stapte de stoep op en haastte zich in de richting van de geur van kaneel, suiker en chocolade.

Ophir kwam haar tegemoet met een grote, felroze doos in zijn hand. 'Ben je er klaar voor?'

Theon gilde van plezier en reikte naar zijn vader. Ophir ruilde de doos met Tanika voor het kind en installeerde Theon comfortabel in de holte van zijn arm. Ze genoot ervan om die twee samen te zien.

'Maak die maar eens open.' Hij knikte naar de doos. 'Meneer Daniels had vandaag een flinke selectie.'

Ze tilde het deksel op en de geur van boterzachte zoetigheid steeg op. Een assortiment donuts, brownies, grote zachte koeken en twee éclairs lag in mooie papiertjes uitgestald. Ze zocht iets lekkers uit terwijl Ophir Theon naar de auto droeg en hem in zijn autostoeltje zette. Hoewel Ophir hen overal mee naartoe kon nemen en hun alles kon geven, leidden ze grotendeels een heel gewoon leven.

En ze genoot van elke minuut.

Ze koos uiteindelijk voor een brownie en zette haar tanden in de romige laag ganache, waardoor haar tong werd overspoeld door pure chocolade. Ze slaakte een theatrale kreun van genot.

Theon stak een handje uit en maakte grijpbewegingen naar de lekkernij. Ophir pakte een met room gevulde donut uit de open doos en gaf die aan het kind. Of Theon nu ooit krachten zou ontwikkelen of niet, hij had overduidelijk de volledige controle over Ophirs hart.

Met zijn mollige vuistjes om de donut geklemd, drukte Theon hem tegen zijn open mond, waardoor de banketbakkersroom over zijn borstje spoot.

'Geef je hem dat hele ding?' zei Tanika met een mond vol chocolade. 'Dat wordt een ramp om schoon te maken.'

Ophir grijnsde en knipte met zijn vingers, waardoor de vlekken verdwenen. Daarna sloot hij de autodeur en trok haar in zijn armen, terwijl hij met zijn rug tegen het raam leunde.

Ze nestelde zich tegen zijn brede borst en keek hem glimlachend aan. 'Valsspeler.'

In de weerspiegeling van de autoruiten zag ze een groepje jonge vrouwen op de stoep achter haar passeren, hun blikken vol verlangen op haar en Ophir gericht. Ze haalde diep en tevreden adem. *Mijn dagen van smachten zijn voorbij.* Wie had ooit kunnen raden dat haar wens zo zou uitpakken?

Met de muis van zijn duim veegde Ophir wat glazuur uit haar mondhoek. 'Je bent bijna net zo erg als Theon.'

Ze pakte zijn hand en likte het glazuur eraf. Zijn ogen werden donker van begeerte. Zonder hun blik te verbreken nam ze zijn vinger in haar mond en draaide er suggestief haar tong omheen. Tussen hun lichamen kwam zijn erectie tot leven en tussen haar dijen ontstond eenzelfde hitte.

Hij maakte een laag geluid in zijn borst. 'Ik geloof dat ik een slechte invloed op je heb.'

Tanika glimlachte om zijn duim en liet hem los, waarbij ze het topje nog één keer kuste. 'Ik vind het wel fijn om een djinn tot mijn beschikking te hebben.'

Hij sloeg een arm om haar onderrug en trok haar dichterbij. 'Jouw wens is mijn bevel, mijn liefste.'

Hij boog zijn hoofd en bezegelde haar mond met de zijne. De kus overspoelde haar met meer dan alleen verlangen. Hij vervulde haar met geluk. Tevredenheid. Liefde. Ze had eindelijk haar 'en ze leefden nog lang en gelukkig' gevonden. En ze was klaar voor een eeuwigheid samen.

Beste lezer,

Bedankt voor het lezen van ***Het verlangen van de djinn***. Heb je zin in meer sensuele en spannende paranormale liefdesverhalen? Dan zul je ***De wacht van de gargoyle*** geweldig vinden; een verhaal waarin gargoyles veel meer zijn dan ze op het eerste gezicht lijken.

Gedwongen om zijn ware aard te onthullen, wordt Sten geconfronteerd met een nieuwe waarheid. Hoe onmogelijk het ook lijkt: Angie is zijn fated mate.

Lees verder voor een fragment!
Liefs,
Tamsin Ley

P.S. Wil je meer? Meld je aan voor mijn VIP-lezersgroep en ontvang een exclusieve, verwijderde proloog van ***Het verlangen van de djinn***—plus voorproefjes van aankomende boeken en bonusscènes!

SCHRIJF JE IN: https://BookHip.com/MXWWDRJ

FRAGMENT UIT DE WACHT VAN DE GARGOYLE

Angie zat tot haar ellebogen in de potgrond toen de stem van een man haar dwong op te kijken. Als eigenaresse van een van de historische huizen in Old Turnbull werd er van haar verwacht dat ze vriendelijk was tegen toeristen, zelfs als ze zich op verboden terrein begaven dat overduidelijk privé-eigendom was. Ze haalde diep adem om tot rust te komen en toverde een glimlach op haar gezicht. Een man met peper-en-zoutkleurig haar, gekleed in een duur maatpak, streek met zijn handpalm over de vleugels van een van haar levensgrote gargoyles.

'Kan ik u ergens mee helpen, meneer?' Ze nam niet de moeite om haar handen af te vegen terwijl ze naar hem toe liep. Toeristen in het historische spookstadje leken met de dag brutaler te worden, en hoewel ze de impuls die ze de lokale economie gaven waardeerde, vond ze het waardeloos om in een van de meest prominente bezienswaardigheden te wonen.

'Een ogenblikje, alstublieft.' Hij keek haar niet aan, maar kwam alleen dichter bij het standbeeld staan, waarbij een gepoetste schoen de afrikaantjes langs de rand van haar bloemperk verpletterde.

De gargoyle had al meer dan genoeg aandacht getrokken, maar nog nooit zo onbehouwen als nu. In de vorm van een perfect gebeeldhouwde man zou hij op het eerste gezicht aangezien kunnen worden voor een gehurkte Adonis met vleugels. Maar bij nadere inspectie bleken de vleugels meer op die van een demon dan op die van een engel te lijken, met klauwen aan de bovenste gewrichten en uiteinden. De figuur had ook kleine hoorns verborgen in het haar dat over zijn slapen krulde en een lange staart die tegen de achterkant van een been aan lag. Het zou Angie niet verbazen als de gebalde handen van het standbeeld ook klauwen hadden. Haar vader had ooit gezegd dat hij hun familie al generaties lang bewaakte. *Kon hij zichzelf op dit moment maar verdedigen tegen deze griezel.*

Met een boze blik op de man die haar bloemen vertrapte, schraapte ze haar keel. 'Meneer? Dit is privéterrein.'

Met duidelijke tegenzin wendde hij zijn aandacht van de gargoyle af en reikte in zijn borstzak, waar hij een visitekaartje uithaalde. Hij hield het haar voor. 'Winston York de Derde, handelaar in zeldzame antiquiteiten.' Terwijl ze het kaartje aannam, gleden zijn grijze ogen over haar vuile spijkerbroek en haar geruite overhemd. 'Ik heb interesse in de aankoop van uw standbeeld.'

Zonder naar het kaartje te kijken, wees Angie naar het bordje op het hoge, smeedijzeren hek dat haar tuin omringde, in de hoop dat de man de hint zou begrijpen dat hij niet welkom was. 'Voor het geval u het niet is opgevallen: dit is een historische plek. Het standbeeld hoort bij het huis.'

'Dan zou ik graag het volledige pand willen kopen.' Hij richtte zijn blik op het bakstenen gebouw in victoriaanse stijl met zijn overdekte veranda en kleine torentje. De gekrulde sierlijsten hadden een nieuwe verflaag nodig en een van de ramen op de bovenverdieping was nog steeds dichtgetimmerd nadat een lentestorm een boom tegen het huis had laten vallen, maar ze was gedwongen geweest om haar beperkte middelen in de reparatie van het dak te steken. Toch verkeerde het in veel betere staat dan de rest van Old Turnbull. Haar huis was geen meesterwerk van Frank Lloyd Wright, maar antiquairs en nationale historici leken altijd bij haar aan te kloppen.

York beëindigde zijn inspectie en trok een wenkbrauw naar haar op. 'U bent de eigenaresse, nietwaar?'

En nu is het genoeg. Ze was klaar met beleefd zijn; die dames van het Historisch Genootschap konden de boom in. 'Dat klopt. Maar ik kan me niet herinneren dat ik een 'Te koop'-bord heb opgehangen.'

Een neerbuigende glimlach verscheen om zijn mondhoeken. 'Alles is te koop. Hoe klinkt tien procent boven de marktwaarde? Ik laat hier morgen een taxateur komen.'

Toen ze naar het gladde pak van York en zijn gemanicuurde vingernagels keek, moest ze denken aan de verhalen van haar vader over het mijnstadje tijdens de hoogtijdagen, toen grote investeerders binnenkwamen om alle kleine claims op te kopen. Het huis was een van de weinige stukken erfgoed die ze na de dood van haar vader had weten te behouden.

Haar keel trok samen bij de gedachte aan haar vader en ze richtte haar aandacht weer op het heden. Wie dacht die York wel niet dat hij was? De huichelachtige vent had niet eens de moeite genomen om naar haar naam te vragen.

Ze deed een stap naar voren en ging recht tegenover de man staan, haar ogen op gelijke hoogte met de zijne. 'Dit huis is mijn thuis, meneer York, niet een of ander opknappertje dat u kunt kopen om met winst door te verkopen. Het is niet te koop.' Ze duwde het kaartje terug in de borstzak van zijn colbert. 'En nu verzoek ik u vriendelijk mijn terrein te verlaten.'

Zijn blik gleed naar haar borst. Geweldig. Als deze kerel een echte viespeuk werd, zou ze haar tuinschepje in zijn achterste duwen. Maar zijn aandacht bleef hangen bij het kuiltje van haar keel, waar de antieke hanger van haar moeder hing.

Ze trok haar kraag dicht en liep om York heen naar het hek, terwijl ze hem gebaarde om te vertrekken.

'Ik heb werk te doen, dus loop alstublieft door. Ik weet zeker dat u in het stadje andere dingen zult vinden die uw interesse wekken.'

York kneep zijn ogen samen en haar hele lichaam spande zich aan. Ze was nog nooit in een grote stad geweest, maar ze stelde zich voor dat iemand zich zo voelde vlak voordat een overvaller zijn spullen greep. Langzaam fatsoeneerde hij de zoom van zijn colbert. 'Mijn excuses als ik u heb beledigd, juffrouw…?' Hij stapte door het hek en bleef staan op het gebarsten beton dat ooit een stoep was geweest, terwijl hij haar verwachtingsvol aankeek. 'Ik ben bang dat ik uw naam niet heb meegekregen.'

'Die heeft u ook niet gevraagd.' Ze duwde het hek dicht en klemde haar kaken op elkaar bij het horen van het gekrijs dat klonk als nagels over een schoolbord. Het zou morgenochtend nog een hele klus worden om de roestige scharnieren weer open te krijgen als ze naar haar dienst in het eetcafé ging, maar ze wilde haar punt maken.

'Ahum, nou ja, nogmaals mijn excuses. Ik hoop dat u het nog eens wilt overwegen. Ik zal mijn advocaat de papieren laten opstellen en die naar u opsturen. Ik weet zeker dat u mijn aanbod meer dan royaal zult vinden.'

Ze keek hem tussen de spijlen door aan. 'En ik weet zeker dat u zult merken dat mijn weigering net zo standvastig is.'

Ze draaide zich op haar hiel om en liep terug naar haar potten, met het gevoel dat de blik van haar gargoyle haar vol trots volgde.

Angie lag stijf onder de dekens, onzeker of het geluid dat ze had gehoord een droom was of haar halfwilde kat, Sally, die tussen de stofwolken aan het ravotten was. Ze was gewend aan het gekraak en gesteun van het oude huis en sliep meestal als een blok, maar ze had kunnen zweren dat ze wakker was geworden door het vreselijke geluid van de scharnieren van haar hek. Uitgeput door een lange dag in de zon had ze geen zin om uit bed te komen om te gaan kijken. Het geluid klonk opnieuw. Absoluut de scharnieren. *Jakkes. Was die York weer terug om haar gargoyle te betasten?* Het standbeeld was te zwaar om te stelen, maar als die klootzak nog meer van haar bloemen aan het vertrappen was, zou ze hem misschien wel neerschieten.

Ze gleed onder de dekens vandaan, zette haar blote voeten op de kille hardhouten vloer en sloop op haar tenen naar het open raam. De geur van honing en amandelen van het bed met streeknachtvlambloemen waaide met de nachtbries naar binnen. Haar slaapkamer bevond zich in het torentje en de loden ruiten boden uitzicht op de tuin. Soms vond ze het heerlijk om hier gewoon te zitten en haar bloembedden te bewonderen, samen met de monsterlijke maar vreemd sexy gargoyle die boven het struikgewas uittorent.

Ze tuurde over de schaduwen van bloemen en bladeren. De maan was slechts een smalle sikkel die laag aan de hemel hing, maar ze wist precies waar ze moest kijken om de brede schouders van haar gargoyle te zien.

De plek daar was leeg. Ze wreef in haar ogen en drukte haar neus tegen het glas. Waar was hij? De duisternis moest haar voor de gek houden.

Beneden klonk een kraak en een doffe klap. Ze schrok op, draaide zich weg van het raam en drukte zich tegen het zware damasten gordijn. Was er iemand *binnen*? In Turnbull was er nul criminaliteit en ze had er nooit echt bij stilgestaan om alles goed af te sluiten. Ze hadden niet eens een politiebureau en waren afhankelijk van de sheriff van de county voor de weinige incidenten die zich voordeden. Als ze 112 zou bellen, kon het wel een uur of langer duren voordat er iemand kwam.

Ze sloop naar de plank waar ze het oude geweer van haar vader bewaarde. Haar vader had haar al op jonge leeftijd leren schieten en het geweer was geladen voor het geval er een beer of poema rond het huis kwam snuffelen. Ze had het niet meer afgevuurd sinds ze het een paar jaar geleden had teruggekocht van de lommerd, en ze hoopte dat het vanavond ook niet nodig zou zijn; bloed op haar tapijt en gaten in haar muren waren wel het laatste wat ze wilde.

In de hoop de indringer te verjagen, liep ze door de smalle gang naar het trapgat en riep: 'Wie daar ook beneden is, ik bel nu 112!'

In de salon rinkelde brekend glas en zei een mannenstem: 'O, shit!'

Dacht het even niet. Wat was er zojuist kapotgegaan? Misschien wilde ze de klootzak toch liever neerschieten. Ze was bezig geweest om erfstukken terug te kopen zodra ze het zich kon veroorloven en de weinige dingen die ze had weten te bemachtigen waren haar dierbaar. Van beneden klonk het geluid van iets zwaars dat omviel. 'Verdomme,' mompelde ze. Met haar tanden op elkaar geklemd begon ze de trap af te lopen, zonder de lichten aan te doen. Ze kende elke centimeter van dit huis en op dit moment was de duisternis haar vriend. 'Je kunt nu maar beter vertrekken! Ik heb een geweer!'

Ze kwam de hoek om; haar hart zat in haar keel. Tegen de donkere achtergrond van de ramen van de salon zag ze het enorme silhouet van een man op haar afstormen. Zonder erbij na te denken vuurde ze; de kolf sloeg pijnlijk tegen haar schouder en wierp haar naar achteren. Ze was vergeten hoe de terugslag van een geweer voelde en door de knal floten haar oren. Had ze hem geraakt? Het kostte haar een moment om zich te heroriënteren en het wapen weer op te tillen. God, ze hoopte dat ze geen tweede keer hoefde te schieten.

Tot haar opluchting werd de deur naar de veranda opengerukt en vluchtte wie er ook binnen was geweest de nacht in.

'Dat dacht ik al, klootzak!' Ze deed een paar stappen achter hem aan, maar werd gedwongen te stoppen toen haar blote voet scherven raakte. Verdorie, hopelijk was dat niet van haar rariteitenkabinet. Ze liep een stukje terug en deed het licht aan.

De aanblik van haar overhoopgehaalde salon was misselijkmakend, maar dat was niet wat haar aan de grond nagelde: over de ingezakte resten van haar Queen Anne-bank lag haar gargoyle.

En hij lekte bloed op haar tapijt.

OVER DE AUTEUR

Ooit dacht ik dat ik biomedisch ingenieur wilde worden—maar experimenten uitvoeren op laboratoriummuizen leidt niet altijd tot een 'en ze leefden nog lang en gelukkig'.

Nu combineer ik mijn nerdy fascinatie voor wetenschap met karaktergedreven romances en gegarandeerd gelukkige eindes.

Mijn monsters vinden altijd hun fated mate—te midden van pittige heldinnen, gekwelde helden en alle pikante avonturen die ze aankunnen. Ik beloof dat mijn verhalen je nooit in het ongewisse zullen laten al zou het zomaar kunnen dat je daarna hunkert naar meer!

Als ik niet aan het schrijven ben, vind je me in de tuin of de keuken, terwijl ik samen met mijn man Alaska verken of bezig ben met de voorbereidingen op de zombie-apocalyps. Ook haak ik graag terwijl ik Netflix-series bingewatch, speel ik videogames en breng ik quality time door met mijn gezin tijdens onze wekelijkse D&D-sessies.

Wil je meer over mij weten? Word dan lid van mijn VIP-lezersgroep en ontvang exclusieve bonuscontent, updates en gratis verhalen!

news.tamsinley.com/VxUtr8

OOK VAN TAMSIN LEY

FANTASY ROMANCE

Gebonden aan monsters

Tritonen, centaurs en djinn ontdekken de liefde naast hun menselijke fated mates.

Binnenkort

SCIENCE FICTION ROMANCE

Alien fated mates—Intergalactisch datingbureau

Alien shapeshifter-krijgers doorkruisen de melkweg op zoek naar hun menselijke fated mates.

Alien piratenbruiden—Fated mates tussen de sterren

Buitenaardse piratenkapiteins ontvoeren menselijke vrouwen voor gevaarlijke missies—en ontdekken hun voorbestemde zielsverbinding tussen de sterren.

PARANORMALE ROMANCE

De Alaska alphas—Wilde shifter romance

Sexy alpha shifterhelden en ontembare heldinnen in de wilde natuur van Alaska.

www.ingramcontent.com/pod-product-compliance
Lightning Source LLC
LaVergne TN
LVHW050539160826
845677LV00011B/2098

9798895480571